〔葡〕费尔南多·佩索阿 ——

著

姚风——

译

心迟到了
阿情诗

浙江文艺出版社
Zhejiang Literature & Art Publishing House

目录

费尔南多·佩索阿　1

阿尔瓦罗·德·冈波斯　93

里卡多·雷伊斯　123

佩索阿与奥菲丽娅的情书　167

玛丽娅·若泽写给安东尼奥先生的情书　187

译后记　197

Fernando Pessoa

费尔南多·佩索阿

—

除阿尔伯特·卡埃罗、里卡多·雷伊斯
和阿尔瓦罗·德·冈波斯之外
以佩索阿和其他异名者署名的诗作都归入这一辑

你所不是的那个你多么美丽

你所不是的那个你多么美丽！

这个匿名者为你存活，

为你入睡，你的身体，

从头到脚，都是你的牢狱。

　　　　你的身体，你的囚徒。

　　　　美妙，完整，行动自如，

　　　　他因你而亢奋，因自身而陶醉，

　　　　他一生都在囚室里为你欢度。

在一本生命之书中，

你写出了一个句子，完美无比。

而那些赞美你的声音

却让你变得虚假，被人忘记。

(……)[1]

1 此省略号为原作原貌，下文同。

→

3

在你与你拥有的美之间，
风景独好。

你是一个灵魂，它的生命
依靠你的身体来激荡。
这激荡而出的美
是你，但又不属于你。

你并不"存在"，你只是"在"。
存在的，是你的意念，
由你美丽的胴体
使它浮出感觉的表面。

任何一种高贵的精神
都曾是你的财产，
并镌刻于你裸体的渊谷
涌流而出的熔岩。

这样，当你从远处向我凝视，
我却看不见你。看不见
你驱使游走的灵魂，

→

我只看见那负载着灵魂的身体。

造物赋予你身体，
你可善用它，享受欢愉。
这天造地设的仙境
永远充满着奥秘。

你的身体不为你专有。它
在大地上走过，带着
比你的灵魂梦到的更多的东西。
别独享，你的身体是另一个人。

我疯了，我晕了 [1]

我疯了，我晕了……

我的吻数不清了，

我拥你入怀，

用双臂紧抱，

拥抱让我陶醉……

让我晕眩，事情就这样了……

1 据说这是佩索阿第一次亲吻奥菲丽娅后的第二天写给她的一首情诗。

你的芳唇有花香

我的小布娃娃，我的爱，

你用小小的胳膊

揽住我，

你吻我，我吻你，

我们的亲吻一样多。

啊，这烈火，多折磨！
我来到你身旁
眼神即刻把你捕获，
我灵魂里的音乐
失音走调，
再也无法回到从前。

给我吻，许多吻，
在你的妩媚中深陷，
成为你怀中的俘虏。

我感觉不到我的生命，
连灵魂也飞离了我，一只鸟
消失在你爱情的蓝天。

我不会放弃，也没有计划，
一切都是未知，这令我惶然。
亲爱的，当我没有吻你，
便是准备吻你，当我吻你，
是因为世间最甜蜜的吻
也无法满足我再吻你的欲望。

—

你天蓝色的眼睛

你天蓝色的眼睛，

令人想起天堂，

看见它们，一如看见你的笑容，

我心中涌起怀想……

        启明星自遥远的蓝天

        唤醒我的爱情……

        我看着你的眼睛，目不转睛，

        直到忘记我持久的苦痛……

你天蓝色的眼睛，快乐得开出鲜花

我的痛苦也为之感动……

黑暗的痛苦在晨曦中绽放……

你仅凭眸光就可打开我的心灵……

睡吧，我守着你

睡吧，我守着你……
让我也入梦……
没有什么令我开怀。
我要你，只为拥你入梦，
不为爱你。

你波澜不惊的肉体
在我的欲望中变冷，
我厌倦了我的渴求。
梦中的你
我甚至不想拥抱。

睡吧，睡吧，睡吧，
你微笑着梦游
我专注地梦你，以至
美梦成真，
不觉身在梦里。

既然有了玫瑰

既然有了玫瑰，我反而不想要玫瑰了。

一朵也得不到的时候，我才想要玫瑰。

人人都可以采的玫瑰，

对我有什么用呢？

        我不想要黑夜，除非晨曦

        把黑夜融于金黄与蔚蓝。

        灵魂不知晓的东西

        才是我最想拥有的。

为了什么？……如果我知道为了什么，

我就不会写诗，告诉人们说：我还不知道答案。

我有一颗可怜而冰冷的灵魂……

唉，用怎样的施舍才能把它温暖？……

        1935/1/7

间歇

是谁在你耳边将那连女神也

不知晓的秘密诉说？

这充满信仰和怯懦的爱，

这在秘密中才变得真实的爱

是谁过早地向你表白？

　　　　不是我，我没有勇气。

　　　　也不是那另一个人，他并不知情。

　　　　到底是谁用额头蹭着你的秀发

　　　　在你耳边诉说了我的感受？

　　　　会是某个人吗？会吗？

莫非是你梦到这个秘密，而我梦到你的梦？

或者缘于我对你的某种醋意，

才猜测秘密已被人说出？我不会开口，

→

所以才猜测心事已被别人表白，因为我只会把它
伪装，放进连我也不知道的梦里。

无论如何，有人守在你耳边
喃喃细语，向你诉说了
我对你的爱，是谁？我怀有的爱
不过是一种意念，它会焦虑，
但不会亲身感受。

我的欲望没有身体也没有口舌，
它在你耳边说：我梦见你，并说出
那永恒的语句，夸张而疯狂——
众女神为此欢欣地等待，
奥林匹斯众神也为此黯然。

当她走过 [1]

这是一条幽暗的街巷

笼罩着阴郁的黑暗

她微笑着走过

比正午的阳光更为明亮。

1 这首诗是佩索阿以
"潘克拉西奥先生"
（Dr. Pancrácio）为名
而写。

当白日被黑夜收割

我凝望着她身影

犹如一道月影

刺穿这深沉的夜色。

我见到她的脸庞

满是深深的忧伤

令人陶醉的嘴唇

也没有一丝快乐。

→

我凭窗凝望

痛苦的她让我心生爱怜

她苍白的面容、脸颊以及

含泪的眼眸，无不令我心动。

每天，她都从这条

狭窄的街巷走过

她的脸愈见苍白

我愈加忧心忡忡。

有一天她没有出现

第二天也没有

她的消失在我的心头

剜出一道伤口。

另一天的早晨

目光昏沉的我

看见哀悼仪式在进行

这让我陷入悲恸。

她让我生出沉痛的哀思

她为我掀开她痛苦的面纱：

→

天上多了一个天使，

人间少了一个生灵。

　　　　载着她的灵车——死神之车

　　　　驶进墓园

　　　　葬礼在那里完成。

　　　　　　墓志铭：

　　　　　　尘归尘，一个忧伤养育的女儿

　　　　　　香消玉殒，在此长眠

　　　　　　她的一生充满悲苦

　　　　　　她的笑是哭，她的乐是痛。

我坐在窗前

透过雪花扑打的窗玻璃

仿佛看见她的身影

但没有人走过……没有人走过……

你的手抱住我的肩膀

你的手抱住我的肩膀

吻着我的额头……

我的生命是废墟的碎片，

但我的灵魂干净。

我不知道这是为什么，

不知道我从何而来。

只是我的存在目睹了

大千世界的千姿百态。

你的手

抚摸着我的头发……

一切都是虚幻，

梦知晓一切。

每当看见情侣们从我身边走过

每当看见情侣们从我身边走过，

我的心中既没有妒忌，也没有怨恨，

我对整个宇宙满怀愤懑与倦怠，

我以此来覆盖对他们的不满。

假如哪一天有人去敲门

假如哪一天有人去敲门，

自称是我的使者，

千万别相信，即便那个人就是我；

出于自尊和骄傲，我绝不会

去敲别人家的门，哪怕是天堂的虚幻之门。

但是，如果你没有听到

有人敲门，却把门打开，

看见门口站着的人，正鼓足勇气举手敲门，

那么你要知道，那个人

才是我的使者，才是我本人，他会带给你

我的骄傲和绝望。

请你开门，为那个没有敲门的人！

　　　　　　1934/9/5

远处的月光下

远处的月光下
一叶船帆
静静漂过河面，
它在启示我什么？

我不知道。我的存在
已经把我变成一个陌生人，
我做梦，却看不见
梦中所见。

怎样的痛苦让我经受？
怎样的爱情不可言说？
船帆漂过，
长夜永存。

—

爱是本质

爱是本质。

性只是偶然。

两者可以等同，

但也有差别。

人不是野兽：

是聪慧的肉体，

尽管有时病态。

亲吻，不仅仅是唇舌的舔触[1]

亲吻，不仅仅是唇舌的舔触——

也是两颗心同时打开

两个灵魂彼此走进

生命之薪燃起双重的火焰。

1 此诗佩索阿以异名者查尔斯·罗伯特·阿侬（Charles Robert Anon）之名用英文写成。

快乐的阳光在照耀 [1]

快乐的阳光在照耀，

翠绿的田野令人愉悦，

但我可怜的心却在渴望

远方给我带来些什么？

我渴望的是你，

是你的亲吻。

不管你是否真的

亦有此意。

最重要的是你。

此时，在夏日的阳光下

大海在闪耀。

我看见浪花闪亮，

每一个，每一朵。

但我离你很远

离你的吻更远！

我真实的所得，

全在这里。

一切之中，最重要的是你。

哦，是啊，此时天空灿烂，

清湛无比，

空气与阳光交融，

哦，是啊，我感觉炽热。

而一切之中，却没有你，

没有你的吻。

这是我所得的一切，忧伤而真实，

一切之中，

最重要的是你。

不要想我，爱我 [1]

不要想我，爱我。

不论出于什么理由，这已足够。

1 此诗佩索阿以异名者亚历山大·色迟（Alexander Search）之名用英文写成。

......

......

让我们镇静，没有目标地

完成任务，

我们可以什么都不是，

无需戴着虚无的面罩

去俯冲……

我们始终在翅膀上……　　朝向乌有之乡飞行，

　　　　　　　　　　　　或许我们能够得到

　　　　　　　　　　　　我们的死亡想从生命与面包中

　　　　　　　　　　　　窃取的东西。

太阳在你的金发上提炼黄金

太阳在你的金发上提炼黄金。

你已死。我活着。

还有世界，还有晨曦。

为一个女人的身体而作 [1]

这是二合一的艺术创作：上帝和作为女人的你

你的存在是一个（……）奥秘

当他们问心中的意念：可以看见什么？

你把肉体作为精神锁进他们的双眼

每一种限界都是一条可以看见的道路

通向不可见的无限之乡。

1 此诗佩索阿用英文写成。

我的爱情，不让我心如止水

我的爱情，不让我心如止水，

静静地固守一方。

总有一种思绪叫我兴奋莫名，

总有一种相随的欲望叫我远离自我，

把我带到我所爱并想得到的人的身边。

即使在夜晚，我的入眠也是等待，

等待清晨还会见到她，与她相恋。

—

我不哭，为时间夺走我的青春

我不哭，为时间夺走我的青春，

为阳光下的头颅变得花白，

为不再享有

凉爽悠闲的下午。

我不哭，为你不再爱我，为我

在你那里得到的爱已然完结，

为那个缠绵相爱的下午不复存在，

只留下黑夜，（……）

我哭，是因为我不再爱你，

是的，我为这样一个悲哀的结局而流泪：

我在灵魂里已不是同一个人，

我不再对你忠贞不渝，尽管没有背叛，

我忘记了你，用不让你厌恶的方式。

→

是这些缘由叫我哭，用真正的泪水，

它隐含着并不美好的奥秘——

本质之物的消亡，

灵魂的失落，这比身体的衰颓更为可怕，

深渊里只剩下唯一的希望——信仰上帝，

曾经拥有的或发生的所蕴含的未知的意义，

如同生命拐进弯道，有着未知的另一面。

爱你的时光一去不返，但我没有哭。

我哭，是因为我自然而然地不再爱你。

因为我忘记了你，

因为不再怀念和追忆爱你的往昔。

1920/9/29

D. T. [1]

确实有一天，

我用鞋子

拍死了墙上的蜈蚣，

但它并不存在。

这怎么可能呢?

再简单不过了，你看——

这仅仅是 D. T. 的开始。

1 此诗佩索阿以异名者亚历山大·色迟之名用英文写成。D. T. 的英文缩写可理解成"交货时间"（ delivery time ）。

　　　　　　当粉色的钝吻鳄，

　　　　　　和没有脑袋的老虎

　　　　　　开始显形

　　　　　　并要求喂食，

　　　　　　我并没用鞋子

　　　　　　去杀死它们，

　　　　　　所以我觉得我要开始想想:

我是否应该戒酒？

但这一点也不重要……

我会因此

瘦一些或胖一些吗？

会更聪明或变得更好吗？

假如人生并非如此。

不，一切皆错谬。

或许你的爱

让我变得更好，

超出我所是，我所能，

但我们从不知道，

亲爱的，我不知道

你的心中之糖

是否令我甘之若饴……

所以我留个心眼，

所以我喝白兰地。

然后蜈蚣爬来，

没有给我带来麻烦。

→

我清楚地看见了它们

或者它们的重影。

我将看着它们穿上我的鞋子

回家，当它们

都去了地狱，

我也将抵达。

这一切

都让我十分快乐。

因为，用那真实

无疑的鞋子，

我将杀死真实的蜈蚣——

我失落的灵魂！……

她静静地走着，牧羊姑娘

她静静地走着，牧羊姑娘，

走在凹凸不平的路上。

我跟随她，像一个祈求原谅的姿态，

她的牧群，是我的思念……

　　　　"在遥远的地方你必将成为女王"

　　　　有一天有人对她这样说，却是妄言……

　　　　她的身形消失于黑暗……

　　　　只有她的影子行走在我的步履之前……

就让上帝送给你百合，但别送给你此刻，

在如今在我所感受的那个远方

你将，不是女王，而只是一个牧羊姑娘——

→

只是始终走在路上的牧羊姑娘，

而我会是你的归途，是幽暗的

深谷，在我的梦和我的未来之间……

伏在我胸前睡吧

伏在我胸前睡吧
在梦中入梦……
读你的眸光，我读出
徐徐荡漾的春心。
你睡吧，在梦中活着，
在虚幻中去爱。

一切皆是虚空，都是
伪造的梦境。
空间黑暗，哑默无声。
睡吧，在安睡中，
心学会如何微笑，
遗忘的笑。
伏在我胸前睡吧，
没有痛，也没有爱……

读你的眸光，我读出
一种亲近的颓靡，
洞悉生命的虚与实、痛与乐的人
才会如此。

—

她的生命给人带来惊喜

她的生命给人带来惊喜。

修长的身材，暗金色的发丝，

仅凭想象欣赏她

正在成熟的身体，就令人惬意。

                    她高耸的胸脯，

                    （假如她躺着）

                    就像两座破晓的山峰，

                    即使黎明尚未到来。

她展现出洁白的臂膀，

玲珑的纤手，摆放

在线条起伏的身体两侧，

如同披上衣衫的雕像。

她像小船一样赏心悦目。

她是含苞欲放的花朵。

上帝啊，何时让我登船？

饥饿啊，何时让我饱腹？

我如何爱你

我如何爱你？我不知会用多少种方式

宠爱你，你这碧眼清澈的女人；

我爱你，用我销蚀但炽燃的感官，

我爱你，把每一天都燃成爱你的仪式。

　　　　　　我的爱，纯洁如圣器室里的圣器；

　　　　　　高贵如品德高尚的贵族；

　　　　　　宽广如浩渺无垠的大海；

　　　　　　温柔如孤独百合的芳馨。

爱，最终冲破苛酷生存的藩篱，

它如此独特，在快乐中日渐丰盈；

它如此忠贞，在痛苦中历久弥坚；

这样的爱，生活的黑暗

无法遮蔽它的面孔，

在生命最卑微的欲求中，爱是如此的伟大，

但在坟墓的宁静中

才会变得比伟大更伟大。

只是一个片刻

只是一个片刻

你把手放在

我的手臂上

这个动作

与其说有意

不如说因为疲惫。

当你把手

抽回

我是否有所感觉?

我不知道,但我仍记得

并感觉到

某种记忆

凝结成形

你的这个动作

也就有了

难以理解的

含义

但难以察觉！……

        一切都是无有

        但在诸如人生

        这样的道路上

        发生了一件

        无法理解的事情……

                我知道，无论

                我是否感觉到你的手

                放在我的手臂上

                但我的心跳

                在新的空间里

                难道没有

                一丁点

                新的节奏吗？

                    →

如果你纯属

无意

把我触碰

那么就意味着

这将是一个

意外而永恒的神秘

你也许不知道

它是什么。

犹如一阵微风

轻轻吹拂枝头

言说

一件含糊而欢愉的事情

却浑然不知。

1934/5/9

水塘边的洗衣女

水塘边的洗衣女

在石板上用力击打着衣服。

她因为歌唱而歌唱，她是悲伤的，

因为歌唱，因为活着；

因此，她也是快乐的。

    如果某一次，我可以

    像她击打衣服那样击打诗句，

    也许我会失去

    几种不同的命运。

        不用想也无需理由，在现实中

        一边歌唱一边击打衣服

        有一种美妙的和谐……

        可谁来洗涤我的心灵？

爱情，当它显露

爱情，当它显露，
不知道如何表达。
只知道含情凝视，
却不知如何开口。

感觉春心萌动的人，
却拙于言辞。
说出，像是在说谎……
缄默，像是在忘记……

啊，如果她心有灵犀，
如果能听见他的目光所言，
一个眼神就足以知晓
他心中的爱意。

但是，入情至深的人

总是保持沉默；

如果表白，就会失神无语，

就会感觉孤单无比！

如果这样就可以对她说

我不敢说的话语，

那么我无需启齿，

也已在向她坦露心迹……

1928

看着她我在希望中感到悲伤

看着她我在希望中感到悲伤。

她金发，蓝色的眼睛似海洋，

她有孩子一样的微笑：

她笑到了心里。

她还不知道表示轻蔑。

她只是个成年的孩子（……）

如果有人把她当作成熟的女人来占有，

这看起来十分糟糕。

她的眼睛，这灵魂的湖水，

映射出一个少女想得到的天空。

看着她，我的痛苦变成一个

金发姑娘，对着我莞尔微笑。

1931/9/7

请让我听见我听不见的……

不是微风吹过，也不是树木喧哗；

是其他突如其来的声音……

是除非秘密告诉我

我根本无法听见的某种事物，

或许什么也不是……

　　　　请你让我听见……，但不要大声说！

　　　　等一等！……如果你乐意，

　　　　也说说爱情……但现在请住口！

　　　　一种淡淡的、久远的恐惧

　　　　代替了痛苦，

　　　　不安地把我晃来晃去……

是什么？只是微风掠过树林？

也许……只是预感到的一首歌？

我不知道，但我以后很难去爱……
是的，它会让我，让这景色，

　　　　　　让这真实的微风变得嘈杂……
　　　　　　多么可悲，是我们俩！
　　　　　　亲爱的，我们是一对。
　　　　　　我看着你，我们是两个人……

　　　　　1930/8/12

树叶笑出了声

树叶笑出了声，

因为风吹过那里。

如果我看你，你也看我

我们俩，谁会

先微笑？先微笑的应该大笑。

大笑，又突然看向对方

为了不再去看，

为了感受轻风

吹过树叶哗哗作响。

一切都是风和伪装。

望着一个无人凝望的地方，

从那里把目光收回；

我们俩正在谈论

别人没有谈过的事情。

这是终结还是开始？

她快步走来，风姿迷人

她快步走来，风姿迷人，
从容地展露出一个微笑。
我用头脑去感觉，即刻
把一首贴切的诗写成。

　　　　　　我在诗中没有写到她，
　　　　　　没有写一个成熟的少女
　　　　　　如何拐过那个街角，
　　　　　　那个永远在那里的街角……

我在诗中写的是大海，
主题是浪花和伤怀。
重读这首诗我会想起
那个无情的街角——还有大海。

你安静的肉体

你安静的肉体
就在现场，但并不存在，
我的欲望是厌倦。
我想要拥抱的
只是占有你的意念。

很遗憾，我没有回复你

很遗憾，我没有回复你。

但说到底，我没有过错：

在我的身上，你找不到符合

你爱的那一个我。

每一个人都是很多人。

对我来说，我是我想成为的那个人，

而对他人来说，却是巨大的错谬——

人人都是凭感觉

得出结论。

噢，请你们给我平静！

别对我心存幻想，也不要把我混为他人。

既然我自己都不想找到我，

你们还奢望别人会找到我吗？

我的心迟到了

我的心迟到了。假如

爱情来临，我的心永远不会迟到。

然而，既然徒劳地去爱

那么爱与不爱根本没有区别。

迟到了。在迟到之前我的心就已经荒芜，

或许已经终结。

    我的心，多余而驯服，

    它假装是我的。如果爱情通过

    我所爱的人用心撕开的缝隙，把我眷顾，

    如果爱情结束虚无的存在

    而赢得自身的本质，那又会怎样呢？

这一切都没有发生。我和我的心

不过是过客，是在徒然的渴盼与梦想之间

→

留下的废墟。

我和我的心，心心相印，

却一起掉进路上的坑里。

这就是我们俩的人生，我们俩的旅行。

除了厌倦，一切都令我厌倦

除了厌倦，一切都令我厌倦。

我渴望安宁而不可得。

我每天都在吞咽人生，

像是在吃药，

每日必服的药物。

我有太多的渴望，太多的梦想，

有多得不能再多的欲求，以至于我把我变成了无有。

我的双手渐渐冰冷，

原本在等待爱情，它们美丽而温暖。

这样，我的双手最终变成寒冬，

紧紧攥着空无。

1934/9/6

巨大的太阳高悬在晒麦场

巨大的太阳高悬在晒麦场
也许它就是我的药……
我不求被爱，
我厌恶有人爱我。

一个封缄的亲吻就已足够，
因为光会让光闪烁，
田野上，无关我的抽象的爱情
纷纷绽放。

自然以外，剩下的只有人，还有他们的魂灵：
他们复杂，醒目，巧于辞令。
他们拿走我的梦境和安宁，
他们有诡诈虚伪的本性。

我想做一个自由而不真诚的人

我想做一个自由而不真诚的人，

没有信仰，不承担义务，也没有工作。

监狱，爱的监狱我也不要。

你们别来爱我，我不喜欢。

当我唱出没有谎言的歌，

当我哭出伤心的泪，

我将忘记我所感受的世间万物，

我感觉我不再是我。

我是一个独行者，

沿途迎着轻风聆听音乐，

我流浪的魂灵

本身就是一首旅行之歌。

那扇窗子的后面

我想象她
站在那扇没有拉开窗帘的
窗子后面，
我的灵魂把她分析，
心想着如何让她出现。

我不缺少爱情，
也不乏追求者。
但如果爱情
在那扇高窗后面发生，
将会是另一种风景。

为什么？如果我知道答案，
一切都会心想事成。
我昔日爱过一位女王，

心中还永远保留着王位

等着人来坐。

只要我还能够做梦，

只要我还看不见窗后，

我就把王位一直留在那儿。

窗帘的后面有家，

窗子的后面是梦。

因此，我开心地假想出一条道路，

走了过去。

而且我也忘记了一些自我，

我对生活别无所求，

只求做她的邻居。

一件事

我心痛

为了一种令我感到羞辱的痛……

什么啊？我在世界的版图之内

做梦的灵魂

为了芥蒂之事

遭受着爱情与酷刑的折磨……

莫非因为一个怪异的女人，

还有我深深的倦怠？

没有被造物赋予美貌的人

没有被造物赋予美貌的人，

身体会说：你别去爱！

丑是命运刻好的印章，

把你的灵魂抵押给孤寂。

你什么也别说！

你什么也别说！

哪怕要说的是真理！

柔情无限

尽在不言之中，

一切皆可心领神会——

觉与察

铢两悉称⋯⋯

你什么也别说！

最好是忘记。

或许明日

是另一道风景，

你会说，整个旅程

是一场徒然，

但通向你令我愉悦的地方⋯⋯

在那里我感到快乐⋯⋯

你什么也别说！

1934/8/23

夜正深沉

夜正深沉，

我因梦见你而醒来，

星空灿烂　　　　　　或许我会想起，

静寂汹涌。　　　　　梦中的你是另一个人，

我想爱你，却无能，　这样我梦中所见

夜色把我围拢。　　　就会失而复得。

　　　　　　　　　　但是我梦醒了，在房间里

　　　　　　　　　　我清晰看见的是你。

　　　　失去你，无法入睡！

　　　　你曾是谁？我不知道。

　　　　凭窗望去，每一颗星星

　　　　都在诠释它的法律。

　　　　没有梦，我如何拥有你？……

　　　　为什么我无法入睡？

在把你带来的大海中

在把你带来的大海中，
你把卷起的波涛变小，
当大海退去，你也变得不同，
仿佛大海微不足道。

为什么你随身带来的
只有破碎的海浪？
当你回到古老的大海，
为什么带走我的心灵？

我有我的这颗心已经太久，
每天感受它我都觉得沉重。
请用澎湃的轰鸣把我的心带走，
让我在轰鸣中听着你们逃离！

1934/5/9

所有冬天的天空

所有冬天的天空

覆盖了我生命的整个夏天……

都滚到最深层的地狱里去吧，

让我的心灵获得安宁！

我的感情是一个异邦人，

对你朝思暮想是悲哀的；

但你不改对我的初衷，

像我缺钱花一样没有改变。

我无法驾驭我的梦。

我无法强迫我去爱你。

我能做些什么？我郁郁寡欢。

→

但我必须结束悲伤。

我明白，非常明白……这醋意……

我用这个字眼并非故意。

爱你会让我变得不同，

变成什么？我不知道……

可笑吗？当然可笑。人人都可笑，不是吗？

我意识到了这种可笑，我写得

明白无误，我把它写进了

上面的一行行诗句里。

你的目光变得忧伤

你的目光变得忧伤。你根本没有听
我在说些什么。
你睡眼昏蒙，正在做梦，正在遗忘……
你没有听，我却说个不停。

我所说的事，已经
伤心地和你说过无数次……
我猜想，你从来没有用心听，
你总是心猿意马。

骤然，你从未知的远方，
向我投来
一个心不在焉的眼神，
脸上绽出了微笑。

→

我继续说。

你继续听，听你

心里正想的事情，

脸上几乎没了笑容。

　　　　直到无聊的慵懒

　　　　把下午的时光消磨殆尽，

　　　　你才无用地笑了，

　　　　像是叶子静静飘零。

再见

船即将起航，我止住哭泣，
哭在我的心中逼出残忍的思念；
想到诱人的你很快逃离我的目光，
我的心疼痛无比。

　　　　我不会再和你一起，在蓝色的梦里
　　　　共享神圣的爱情；甚至友情
　　　　也不再让我感到欢愉，
　　　　那种与你共度才有的无限欢愉。

在我冰冷的胸膛里，我的心
借助爱恋的能量，仍在燃烧，
如一个殉难者被放逐到俄罗斯的冰天雪地……

→

船即将起航，开始辽远的航程：
我叹息着和你说一声"再见"，
你哀泣着和我道别。

无论你得到爱情与否

无论你得到爱情与否，你都会老去，

老去时你失去了爱情，也胜过你一无所获。

她唱着，可怜的刈麦女

她唱着，可怜的刈麦女
也许她自认是幸福的；
她唱着、割着，她的歌声
隐含着寡居的欣喜。

她的歌声，如鸟儿鸣啭，
打开清净的天空，袅袅飞扬；
声音里有曲折的情节，
温柔的旋律起伏跌宕。

歌声里有田野和劳动，
她的歌唱让人欢喜，也让人哀伤，
她唱着，好像比起生活
她自己有更多的理由去歌唱。

啊，唱吧，歌唱无需理由！

在我身上感觉的东西，也在思想。

你捉摸不定的声音，

波涛一样拍打着我的心房！

啊！让我是你，同时又是我自己！

拥有你那样快乐的无意识，

以及意识到它！哦天空！

哦田野！哦歌声！还有知识。

生命如此沉重，又如此短暂！

让它们都走进我吧！把我的灵魂

变成轻盈的影子！

带着我，远走他乡！

身体

我的身体是我和我之间的深渊。

在不真实的天空这个开阔的梦境中，
如果一切都是梦，梦你就是拥有你，

拥有你就是走进你梦见你。
灵魂与灵魂总是分离，
只有身体是梦搭起的桥，
连接着没有两端的深渊。

所以我认识自我，我离开
自我，并且思想，而思想是吝啬的。
时光飞逝。但我的梦是我的。

你用含情的声音说着……

你用含情的声音说着……
如此甜蜜，以至于我忘记
你温柔的话语尽是虚情假意。
我的心已经不会伤心。

> 是的，就像音乐总有
> 弦外之音，我的心
> 不想要别的，只想听见
> 来自你的旋律……

你爱我？谁相信？你用
同样的声音说着，却什么也没说，
你是一支骗人的乐曲。
我听着，却听而不闻，我是幸福的。

→

不存在虚假的幸福，

只要持久，幸福就是真实的。

如果我这样生活是幸福的，

谁在乎真实赞美了什么？

爱情与美不可分开 [1]

爱情与美不可分开，

自然让每一个事物都适得其所，

把爱情赋予美，作为最终的命运，

同时让美成为爱情的底色。

1 此诗佩索阿用英文写成。

　　　　让灵魂找到公平的朋友，

　　　　去爱，但思想不要脱离身体，

　　　　因此，男女的结合

　　　　皆是为了追求美的真理。

我可以爱你，但只能出于嘲笑，

嘲笑爱情和我相貌的丑陋，

所以我歌唱你的美，却不渴求你的身体。

→

感谢上帝，我有自知之明，

不会像一个奴仆，觊觎国王的长袍，

即使得到了，穿上也会极不合身。

我因为爱你才爱过你

我因为爱你才爱过你，

我看见的不仅仅是你……

还是天空和大海……

还是白日和黑夜……

当我失去你，

我才开始了解你……

从前，当你来到我面前，

走进我涨潮的目光，

你不是我的爱侣……

你是整个宇宙……

现在我不再拥有你，

你只是你的世界。

你在灵魂中离我很远，
远得我看不见你。
你在我这里的存在
安静得我感觉不到
它的存在。
当我的本性把你丢失，
我才看到，你不是我。

我不知道你是谁，我相信
我观察的方式，
我的感觉，我的焦虑，
相信我思维的能力……
那时你是我的灵魂，
在时间和地点之外。

今天我寻找你，
为能够找到你而流泪，
哪怕我记不得
我曾经如何爱你……
你已不再是我的一个梦……
我为什么为你而流泪？

我不知道……我失去了你，

你是今天

真实中（……）的真实。

犹如时间的逃离，

你也在逃离，一切都在逃离，

我所见的存在多么悲哀！

你在你所是的事物中是（……）虚构，

你在停滞的时间里

是（……）蛇蜕下的皮，

当我昏蒙时，我感觉不到这些，

但今天我感觉我醒着，我不能对自己撒谎……

（……）你的手，不，

我感觉是我的手上

有我们凝视而无言的目光。

多少时间飞离我们，

带走我们的时光，

我的，还有你的……

→

多少次，你我的灵魂

互相碰撞，

多少次，我们沿着

一条抽象之路，

在两个灵魂之间穿行……

那是激动而安静的时光！

今天我扪心自问，

我爱过的人是谁？

我把我吻过的人，最终

丢失在一个个完结的梦里。

我寻找她，却看不见

我的期盼在哪里……

我们身上的真实是什么？

我们做过怎样的梦？

我们是谁？我们的发音、回声和笑语

属于哪一类声音？

我们到底失去了什么？

→

我们并没有做梦。你

是真实的，我也是。

我的双手——多么真挚……

我的行为——多么忠诚……

我们在一起……

而这……这一切都结束了！

　　　　为什么我们相爱

　　　　又不再爱？

　　　　我知道，今天茫然的痛苦

　　　　缘于旧日的欢乐……

　　　　发生了什么？

　　　　是什么让我们从梦中惊醒？……

　　　　　　　　我们还要爱下去吗？

　　　　　　　　我们还彼此相爱吗？

　　　　　　　　假如我这样想，

　　　　　　　　你还是以前的你……但

　　　　　　　　爱已夭折，

　　　　　　　　似乎毫无痛苦地夭折。

　　　　　　　　→

没有痛……一种空欢喜，

为曾经的爱……

我想到此，

不免黯然……

什么改变了？在哪里改变的？

我们隐藏了什么？

或许，你我有同样的感觉，

但你不知道你的感觉……

存在是我们的面纱，

爱是把面纱戴在脸上。

今天我失去了你，

因为我知道，我已爱过你……

我们是我们的迷雾……

雾中我们看见彼此，

我们的诸多默契

渐次掉落在地。

我们陷入

寒冷的空虚……

这有所谓吗?

其实什么也没有失去。

既然我们爱过,

我为爱你而心痛过,

那么不再爱你的痛

也含有亲密……

我们活在我们之外,

此刻我们摘下面纱,

我们仰望着上帝

度过美好的此刻,

并在 (……) 无言之中,

领悟世界。

不要，什么也不要说！

不要，什么也不要说！
假想你已经听见
你的紧闭之口
要说些什么。

         只听你说
         好过听你说了些什么。
         你的所是，不会来到
         词语和时间的表面。

你比你更好。
什么也不要说：是你所是！
裸体之美，在于
看不见的时候看见。

我爱，像爱情那样去爱 [1]

我爱，像爱情那样爱着。

我不知道是否还有比爱你更爱你的理由。

如果我对你说"我爱你"，

那么除了说"我爱你"，你还要求我对你说些什么？

别在我心里寻找答案……

当我对你表白，让我心痛的是

你只回答我对你所说的，却没有回答我对你的爱。

相爱的人无需交谈：

爱就行了，交谈是为了感受爱。

如果我觉得你爱我，即使你一言不发，

我也能听到你在说你爱我。

如果你说了蕴含意义的词语，

那么你就会忘记我；哪怕你说的句句

都是我，你也记不得我爱你。

1 这是佩索阿写的诗剧《浮士德：主观悲剧 》（ *Fausto: Tragédia Subjectiva* ）中的一节，由剧中人物玛丽娅说出。

→

啊，在你这样跟我说话之前，

什么也不要问我，假若我是个聋子，

也会用一颗心听见你说的千言万语。

在新国家 [1] 写的一首爱情诗

你的眼睛神秘莫测，

你的行为迷蒙如雾，

你犹豫不决，心怀疑虑，

亲爱的玛尔塔·弗朗西思卡，

我的爱人，我的预算！

      你玫瑰花的脸颊

      如一纸褪色的

      半官方文告。

      哦，我的财政盈余，

      多想把你揽入怀抱！

你的染发已重返自然，为此

我不会洒泪——亲爱的，

我的鸽子，我的道路，我的门扉，

1 佩索阿出生时，葡萄牙为君主立宪制国家。1910年，革命推翻了葡萄牙王国，建立共和国。1926年，军人发动政变，建立军政府。1932年，安东尼奥·萨拉查（António Salazar，1889-1970）就任总理，次年制定新宪法，建立其带法西斯性质的新国家体制（Estado Novo）。萨拉查原为大学教授，1926年被任命为财政部长，不久辞职，1928年复职，1932年任总理后，开始了其长达36年的独裁统治。

→

还有我的全国工会，别再和黄金挂钩！

不知你为何瞧不起我。

只要你多看我一眼，

你那销魂的眼神

就会大幅缩减开支，

就会勾销四海的债务！

我该用怎样的诗行

向你示爱，这炽热的火焰？

听着：我声声唤你，

我的"国家议会"，

我的"全国联盟"。

我多么多么多么爱你，

爱你的"殖民地纲领"！

有了爱情，我茶饭不思，

啊，我的"劳动章程"！

我的"葡萄牙国家银行"！

国外有大笔贷款！

银行有金条闪耀！
我永远把你护佑……
哦，我的总理内阁，
请把头颅倚在我的肩头！

> 哦，我的全国合作社，
> 我的新国家新法律，
> 别对我冷眼相看！
> 哦，美丽的"人民之家"，
> 我的心中永远有你！

> 亲爱的"全国联合会"，
> 你的眼睛向我的生命之影
> 注满痛苦，
> 它犹如一艘战船
> 驶过波涛澎湃的水面。

贵族老爷在笑，
你的头发卷成货币符号——财政紧缩！
全国公投如火如荼，
但你从未屈尊参选！

→

因此我从未被你选中，
我的希望早已落空。
你甚至对我毫无悲悯，
哦，我美丽而粗心的
基督教文明！

我明白：我的所作所为
无法捕获你的芳心。
好吧，那么请你原谅，
我正加以改进，遵循
萨拉查教授的最高指引。

Álvaro de Campos

阿尔瓦罗·德·冈波斯

哎，玛格丽特

哎，玛格丽特
假如我把命给你，
你会如何待它？
——我会摘掉耳坠，
嫁给一个瞎眼的男人，
再搬进艾斯特拉[1]。

不过，玛格丽特，
假如我把命给你，
你母亲会怎么说？
——（她最知我心）
世界上傻瓜太多，
你是其中的一个。

1 艾斯特拉（Estrela），里斯本中产阶级住宅区。

→

玛格丽特，

那假如我把命给你，

为你去死呢？

——我会参加你的葬礼，

但没有活过就去爱，

我觉得大错特错。

玛格丽特，

假如我把诗歌给你，

来代替我的命，那又如何？

——亲爱的，别来这一套，

一点用也没有。

我们家不信这个。

（海事工程师阿尔瓦罗·德·冈波斯写于酩酊无意识之中）

所有的情书

所有的情书
都是可笑的。
不可笑的情书
不是情书。

我恋爱时也写情书，它们
和其他情书一样
同样是可笑的。

情书，如果有爱情，
必定是
可笑的。

但说到底
那些从未写过情书的人

→

才是

可笑的。

我恨不得回到那个年代:

写情书

却不会想到

情书的可笑。

事实上，到了今天

我对那些情书的记忆

也都是

可笑的。

（所有夸张的词语

如同所有夸张的情感，

当然也都是可笑的）

啊，一首十四行诗……

我的心是个发疯的海军上将，

将他的航海生活放弃，

回到了家里，他来回踱步，

慢慢把海上的往事回忆……　　在来回的走动中（仅凭想象，

　　　　　　　　　　　　　我就可从椅子上出海），

　　　　　　　　　　　　　被放弃的大海成为中心，

　　　　　　　　　　　　　他的肌肉对停泊已经倦怠。

　　　　　　　他的双腿在想念，胳膊也在想念。

　　　　　　　想念从他的脑海向外蔓延。

　　　　　　　他的倦怠化为奔放的激情。

但是——这多好啊！——我说的是

心灵……我来到什么鬼地方，和海军上将在一起，

却没有任何感觉？……

久远的十四行诗

哎，黛西[1]，我死的时候，你要

告诉我伦敦那边的朋友，

虽然你并不显得难过，但其实你为我的死

隐藏着巨大的悲伤。你一定

要从伦敦赶去纽约，你出生的地方

（据你所说……但你说的我都不信），

告诉那个可怜的男孩：

我死了……是他给过我无数欢乐的时光，

哪怕你并不会知道，我死了……

甚至他，我确信深爱过那个人，

也一点不在乎我……那你就把

这个死讯告诉奇怪的瑟西丽[1]

她曾相信，我有一天将成为伟大的人……

活在人生里的人们，都去见鬼吧！……

1 Cecily 可能来自拉丁语的 Caecilius，有"眼盲"的意思，这里佩索阿或许调侃有人说他将成为一位伟大的人。

波尔图牛肚 [1]

有一天，在时空之外的一个餐馆，

他们给我端来了爱情，像是一碟冷了的炖牛肚。

我彬彬有礼地对厨房里的人说

我想吃热的，

烩牛肚（这是波尔图式炖牛肚）从不冷着吃。

他们对我很不耐烦。

无论什么餐馆，食客从来都占不到理。

我没吃，也没要别的菜，我付了账单，

然后步行穿过整条大街。

谁知道这意味着什么？

我不知道，但发生在我身上的……

[1] 波尔图市一道特色菜肴，由牛肚、香肠、猪肉、白豆等炖制而成。传说十五世纪初葡萄牙王子恩里克帅军远征北非战略要地休达，民众把最好的肉类供给军队，剩下的边角料烹制成这道菜自己食用。

（我确信在每个人的童年都有一个花园，

自家的或者公家的，或是邻家的。

我很清楚，我们在那里玩耍，我们就是它的主人。

而悲伤属于今天。）

很多时候我明白这一点，

但是，如果我要了爱情，他们为什么给我端来

冰冷的波尔图牛肚？

这道菜不能冷着吃，

但他们却叫我冷着吃。

我没发牢骚，但菜是冷的，

这道菜从不冷着吃，但却冷着端上来了。

当万物都是虚无

当万物都是虚无，在夜的阒寂里，我想你，
寂静中，喧哗也是寂静。
而我，一个孤单的旅人，在朝向上帝的旅行中
停住脚步，徒然地想你。

过往的时光中，你是永恒的一刻，
就像是万籁的寂静。
过往的失去，你是我最大的失去，
就像这喧哗声。
在夜晚的寂静中，所有的徒然，你最不该是我的徒然，
就像虚无属于这夜晚的静寂。

多少我所爱的人，多少我的相识，
我目睹他们死去，或听说他们死去。
我看见那么多人和我一起走过，

→

对其中的一些人我一无所知，

谁在乎离去的是一个人，还是一次完结的谈话，

抑或一个（……）惊惧得说不出话的人，

今天，世界是黑夜的墓园，

冷漠的月光下，黑的或白的墓碑在生长，

万物与我都是荒诞的静寂，此时我想你。

———

英国姑娘

那个英国姑娘，一头金发，多么年轻，多么漂亮，

她想嫁给我……

可我没有娶她，真遗憾啊……

我本来可以幸福，

但我怎么知道我本来可以幸福呢？

关于本来可以，从未有过的本来可以，

我又知道些什么呢？

今天，我后悔没有娶她，

但后悔之前，是假设我有多少娶她的可能性。

我后悔不已，

而后悔是纯粹的抽象。

它让我感到某种不悦，

但也给了我一个梦……

不错，那个姑娘是我灵魂的一次契机。

今天，后悔是一种从我的灵魂中剥离的东西。

神圣的上帝！我没娶那个已然把我忘记的英国姑娘

让事情变得多么复杂！……

但如果她还没有忘记我呢？

如果她还记得我（发生过类似的事），也没有改变初衷

（很抱歉！我承认我长得丑，但丑男同样有人爱，甚至

被女人爱！）

如果她没有忘记我，她就会想起我。

事实上，这已算是另一种后悔了。

而让某个人痛苦，是有记忆的。

不过，这最终都是凭空的猜想。

想得多美啊！想到她还记得我，怀里抱着我们的第四个孩子，

捧着一本《每日镜报》在看有关玛丽公主的报道。

至少，想到这样的结局很不错。

这是一幅英国郊区家庭生活的画面，

这是有金发飘拂的私密风景，

而后悔是阴影……

在任何情形下，如果事实如此，总会令人有些嫉妒。

她和别的男人生下了第四个孩子，他们在家里读《每日镜报》。

事情原来可以不一样……

是的，事情总是这样抽象，

这样不可能，这样不真实，而且邪恶……

事情原来可以不一样。

他们在英格兰吃早餐，抹着茶果酱……

而我只能自食其果，成了一个被英语单词描述的葡萄牙傻瓜。

哦，我还是看见了

你目光真诚得如此湛蓝，

如同一个孩子把我凝视……

我把你的形象从心中抹去，没有使用戏谑刻薄的诗句；

你是我唯一的爱，在你面前我不想掩饰，

也不想向生活索求任何东西。

乡间度假

在山中度假，夜晚静谧；

这静谧加大了

护院狗在夜晚此起彼落的吠叫；

更为静寂了，

因为黑暗中某种东西在絮语或嗡鸣……

啊，这一切的欺压！

去做幸福之人的欺压！

多么写意的生活，如果我是别人

过着这样的生活，在满天的繁星下

听着虚无的絮语或者嗡鸣

在万物的沉寂中听着偶尔的犬叫，该有多好！

为了休憩我来到这里，

但我忘记了把自我留在家里。

我随身带来了意识，这本质的荆棘，

带来感受自我的这种恶心，这不明的病症。

总是这种慢慢啮噬的不安，就像

黑面包不停掉着渣屑。

总是这种难以吞咽时引起的不适感，就像

饮下醉鬼令人作呕的残杯剩酒。

总是，总是，总是

这自身灵魂中的循环之误，

这种感觉的昏蒙不智，

这种……

你纤瘦的手，有点苍白，有点属于我，

那一天，你坐在那里，把平静的双手放在胸前，

就像别的女人把剪刀和顶针放在该放的地方。

你一边沉思，一边看着我，仿佛我是你周围的事物。

我回想，为了找到不假思索就可以想到的事物。

忽然，你轻声哀叹，打断你所是的你。

你清醒地看着我说：

"我很遗憾不能天天这样。"——

这样，就像那一天，什么也不是……

啊，你原本不知道，

幸好你不知道：

遗憾的是，所有的日子都是这样，这样；

糟糕的是，无论快乐与否，

灵魂忍受着，或者享受着切身感受对一切的厌恶，

有意或无意，

正在想或要去想这样……

我以相片那样的记忆回想起你的双手

放下来，又绵软地伸展。

此刻，我想到这双手，多过想到你。

你后来怎么样了？

我知道，你生活在某个奇妙的地方

你嫁人了。我猜想你已经做了母亲。你应该很幸福。

为什么不呢？

　　　　　除非厄运降临……

　　　　　是啊，这样就太不公平了……

　　　　　不公平？

（那是在乡间度过的一天，阳光明媚，我小寐着，面露微笑……）

……

生活……

饮白葡萄酒还是红葡萄酒都一样：都要呕吐。

希望之歌

I

送我百合，百合，
还有玫瑰。
如果你没有玫瑰
也没有百合可送，
那么至少
有送我百合和玫瑰的
意愿。

　　　　有意愿就够了，
　　　　是你的意愿，假如有的话。
　　　　送我百合，
　　　　还有玫瑰，
　　　　这样我就有了百合，

最美的百合，

也有了最美的玫瑰，

但我什么也没收到，

除了你送我

百合和玫瑰

作为礼物的

意愿。

II

你穿的连衣裙

在我心中

是一段回忆。

我记得

有人以前穿过它，

后来再没有见过。

生活中的一切

都由回忆编织。

通过记忆去爱。

→

一个女人凭一个让我们想起母亲的姿态，

就给我们带来柔情。

一个姑娘说起话来像我们的姐妹，

就给我们带来快乐。

一个女孩把走神的我们吸引，

是因为我们爱过的一个女人和她长得相像，

那时我们年少，没有和她说过话。

事情都是这样，大同小异，

苦闷的心。

生活是你对自己的失约。

一切的结局是我睡去，如果有了困意。

但是我很想找到你，我们可以一起说说话。

我确信如果我们遇见，我们会惺惺相惜。

假如我们没有相遇，我会铭记

我以为我们可以相遇的那一刻。

我会保留一切——

保留你写给我的信，

连你不曾写给我过的信也保留——

上帝啊，人们什么都保留，哪怕是不想保留的，

你那件小蓝裙，我的上帝，如果我能凭它把你吸引

到我的身边该有多好！

其实，事事皆有可能……

你如此年轻——花样年华，里卡多·雷伊斯会这么说——

我对你的视觉产生了文学性的爆炸，

我仰躺在沙滩上，笑得像一个低等生物。

妈的，感觉让人疲累，而太阳一旦高悬，生活就会炙热。

晚安，澳大利亚！

我失去的爱情

我失去的爱情，我不再为你哀泣，因为我没有失去你！
因为我可以在街头失去你，但不会在生命中失去你，
因为生命在你那里，也在我这里。

巨大的是缺席，但什么也没有失去！
所有死去的——人、时间、欲望、
爱与恨、痛与乐——
只是去了另一个大陆……
时间到了，我将启程与它们会合。
时间到了，所有的家人、情人、友人
将以抽象的、真实的、完美的、
最后的、神圣的方式团聚。

我将在生与死之中
与我尚未实现的一个个梦想团聚，

→

给它们不曾给过的亲吻，

接受它们从前拒绝给我的微笑，

我将以快乐的形式感受我以前经受的痛苦……

啊，船长，这越洋之旅

还要耽搁多久才能启程？

船上的乐队已经奏响乐曲——

欢快而平庸、这人类的音乐，宛如人生——

正在催促启程，我要快些启程……

铁锚卷起的声音，我垂死的呼吸，

究竟何时我能听到你的呼唤？

我的后背因机器的震动而战栗——

我的心脏在做最后的痉挛——

（警钟敲响，码头的叹息？）

（……）

码头上的人向我挥动着手帕……

再见，等着你们，再见！

在快乐的此刻中等到永远，

等到（……）

偶然

偶然的大街上偶然走过一个金发女郎。

然而不，不是这一个。

我说的女郎走在另一条大街上，住在另一座城市里，

我是另一个人。

我骤然从眼前的景象中走失，

再次身处那另一座城市，那另一条大街，

那另一个女郎在大街走过。

执意地回忆这一切太好了！

现在我觉得遗憾，为再也见不到那另一个女郎，

也为最终没瞧一瞧眼前这个女郎。

让灵魂翻个跟头太好了！

至少可以写出诗来。

诗写了出来，你先是被看成疯子，也许后来被捧为天才，

也许，也许根本没有也许，

成名是个奇迹！

我的意思是，至少诗写了出来……

不过写的是一个女郎，

一个金发女郎，

哪一个？

是一个很久之前我在另一个城市看见过的她，

是在另一条大街上看见过的她，

这一个她我很久以前在另一个城市看见过，

在另一条大街上看见过；

所以，所有的记忆都是同一个记忆，

所有的死都是同一种死，过去是，现在也是。

昨天是，今天也是，而明天？谁知道他可以活到明天？

一个路人用不经意的怪异目光打量我。

我在用肢体语言和鬼脸作一首诗？

或许是写给……金发女郎？

归根结底还是她……

万事万物都是同样的归根结底……

只有我，在某种形式上不一样，但归根结底还是雷同。

———

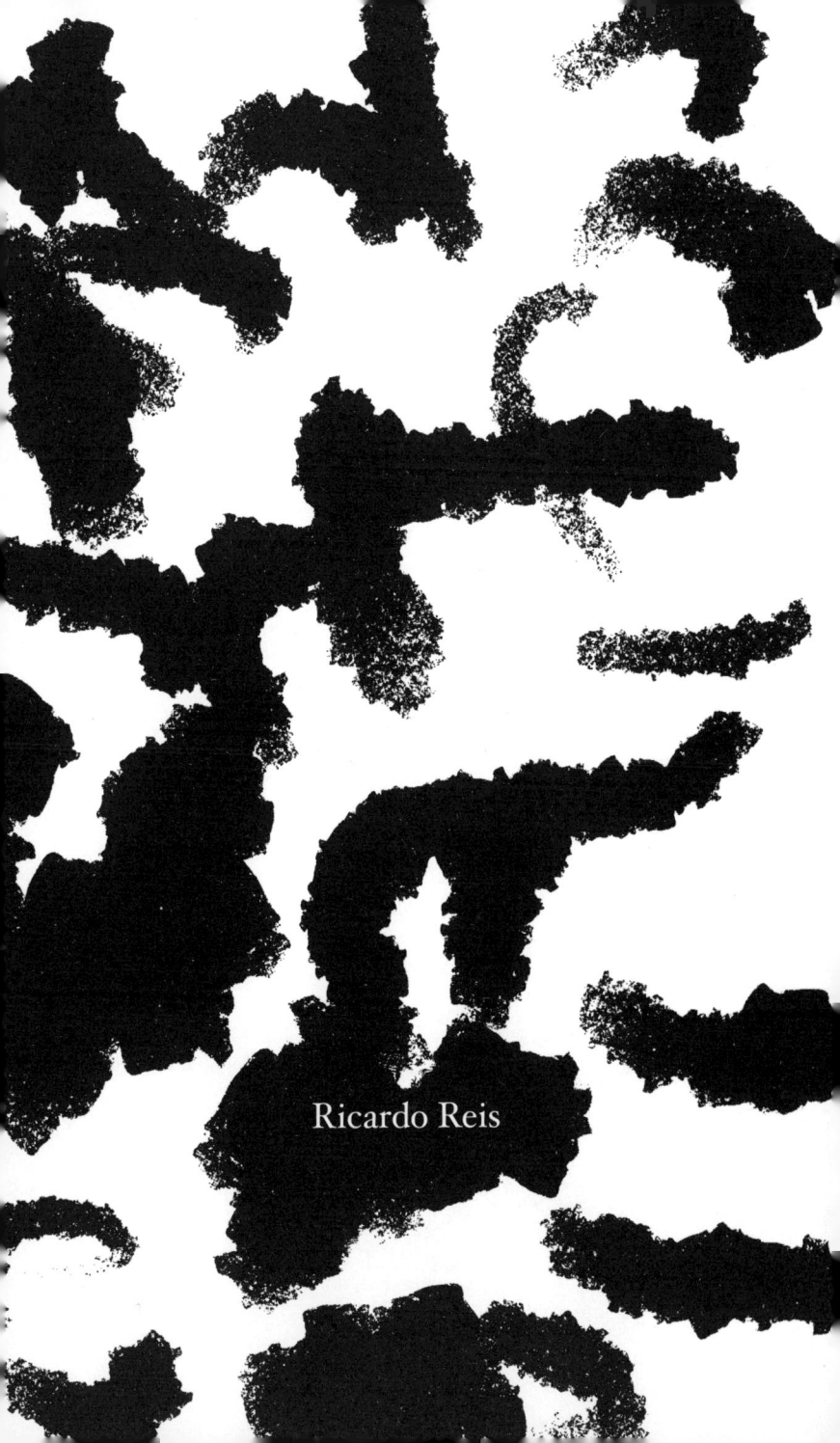

Ricardo Reis

里卡多·雷伊斯

没有人会爱任何别的人

没有人会爱任何别的人，他只爱

别人身上属于自己的东西，或者他的假设。

没人爱你，也不要伤心。他们觉得

你是谁就是谁，你只是个陌生人。

你是你所是的人，他们就会爱你，或者永远不会爱。

让自己变得坚强，你才会少经受

一些苦痛。

丽迪娅，我们什么都不懂

丽迪娅，我们什么都不懂。

无论在哪里，我们都是外来人。

丽迪娅，我们什么都不懂，无论住在何处，

我们都是陌生人。到哪里都是异邦，

不说我们的语言。

让我们把自己变成我们的温柔乡，

小心地躲避

世界的欺辱和伤害。

从别人那里，爱情能期待什么呢？

愿爱情是一个在神秘中说出的秘密，

因属于我们而变得神圣。

我想要的，是你开出的花

我想要的，是你开出的花，而非你给我的。

我没要的东西你为什么拒绝给我？

即使你给了我之后，

你也有时间去拒绝。

花，开成我的花吧！如果你吝啬，斯芬克斯

用它不祥的手将你采下，你将永远

像一个荒谬的影子那样游荡，

寻找你未曾给过我的东西。

你要的越少

你要的越少，就得到所有。

你一无所求，就获得自由。

别人给我们爱

也同样向我们索取，把我们压迫。

不仅是怨恨或妒忌我们的人

不仅是怨恨或妒忌我们的人

限制我们，欺压我们，爱我们的人也是如此，

他们对我们的限制也不少。

愿诸神俯允我从爱情中脱身，在虚无的高处

拥有冷冽的自由。

寡欲者得到世界，无欲者得到自由。

身无所有的无欲者

可媲美神祇。

我爱玫瑰，亲爱的，胜过爱我的国家

我爱玫瑰，亲爱的，胜过爱我的国家。
我爱荣耀和道德，
但更爱木兰花。

只要生命还没有让我疲惫，
我任它经过我，
而我依然故我。

只要太阳天天升起，
只要每年的春风
都催生绿叶，而秋天

又让它们变得枯黄，
那么一个心无挂碍的人
岂会在意谁是胜者？

→

而其他的，人类在我生命中
添加的那些东西，
为我的灵魂增加了什么？

　　　　　什么也没有增加，除了
　　　　　漠然的欲求，以及逃离时
　　　　　怠惰的信念。

丽迪娅，过来和我坐在一起

丽迪娅，过来和我坐在一起，坐在河边。

让我们静静注视着流水，学习

生命如何流逝，而我们没有牵手。

（让我们牵起手吧）

        让我们像长大的孩子那样思考，思考生命

        流逝不止，永不回返，什么也不曾留下，

        生命流入遥远的大海，走近命运，

        比众神还要遥远。

我们别牵手，免得我们感到厌倦。

无论享乐与否，我们都如河水一样流去。

最好明白如何静默地生活，

心无困扰。

不爱，不恨，没有啸叫的激情，
没有两眼发红的嫉妒，
也没有牵挂，即使有，河水也照样流，
最终流入大海。

让我们平静地相爱，想着只要愿意
我们就可以亲吻、拥抱和抚摸，
不过，最好是我们紧挨着坐在一起
听着，看着河水流去。

让我们去采花，你采下一朵朵，
戴在颈间，花香把此刻变得温馨——
此刻我们是颓靡而天真的异教徒，心静如水，
什么也不相信。

如果我先你之前化为阴影，至少你还要想起我，
你对我的回忆不会灼烧你，伤害你，或者感动你，
因为我们从未牵手，从未亲吻，
从未长大，我们还都是孩子。

→

在我递给冥河的船夫几枚小钱之前，
我会想起你，但不会悲伤。
我的回忆总会这样想起柔情似水的你——
一个忧伤的异教徒坐在河边，
胸前开满了鲜花。

日复一日，生活每天都在重复

日复一日，生活每天都在重复。

丽迪娅，在我们所是的身上发生的，

也同样发生在

我们所不是的身上。

采摘，果实枯萎；不采摘，

果实坠落。

我们寻找也好，期盼也好，命运

都已注定。今天的幸运，不会改变命运，

命运以这样或那样的方式

蔑视我们，不可战胜。

—

妮拉，让我们一起生活

妮拉，让我们一起生活

只是为了将来回忆这些……

当我们到了迟暮之年，

连众神也不能

给我们的脸颊带来光彩，

抚平我们颈上的皱纹。

我们会坐在炉火边，

充满惋惜地回忆

那根断掉的丝线，

妮拉，我们会想起

我们恍然度过一日

却没有彼此相爱……

妮拉，我要你在静静的泉水中

妮拉，我要你在静静的泉水中

漱濯一下嘴唇

治愈你的发烧和生活带给你的

悲伤与疼痛，

请你感受一下泉水清凉平静的

天性，你要知道

泉水边的宁芙女神们，

没有忧伤与惶然，

听不到她们哭泣。

只听到自然欢快的流水声

妮拉，我们的痛苦，并非来自

自然的原因，

而是来自灵魂，来自和他人一起

共度的人生。

因此，噢，年轻的学徒，你要从

→

古人享有的快乐中

学习克制悲伤，不再为你的生活方式

唉声叹气。

你一无所有地降生，展现你徒劳的美，

美的定律，

会从我们握有愚蠢信念的双手中消逝，

它们因为你的知识

而过于不信任，从而惧怕享有，

也不会走向命中注定的未来

留下的空无记忆。

让我们以阳光、鲜花和笑声

编织生命的花环

来遮掩我们依附于黑夜的

思想之渊，

我们生命中的思想已被死亡意识的重轭压弯，

自觉地等待着

混沌世界的再生。

妮拉，我们在这里

妮拉，我们在这里，

远离人群与都市，因为这里

没有人阻止我们的脚步，

也没有人蒙蔽我们的眼睛，

封锁我们的家，

我们可以自由地相信自己。

哦，我的金发姑娘，我知道

生命还会折磨我们的肉体，

我们的手中

并没有掌握灵魂；

也深知神祇赐予我们的皮囊，

在奔赴地狱之前

还会把我们消磨。

→

不过在这里，再没有比生命

更多的东西来束缚我们，

别人的手抓不住

我们的手臂，他们的脚步

不会走在我们走的路上。

我们没有感到束缚，

除非我们自己有这般想法，

那么我们不要这样想，

我们要相信完整的自由，

自由是幻想，但此时

却让我们在众神面前变得平等。

我曾像这个王子

我曾像这个王子，披着金发沉睡，

这已成过去。今天我知道死亡的存在。

丽迪娅，用阔大的酒杯来斟满

我们迟来的爱情。

无论是爱情还是美酒，让我们

赶快举杯。怀着恐惧去畅饮。

—

每一种事物都在它的时间里拥有自己的时间

每一种事物都在它的时间里拥有自己的时间。

树木在冬天不会开花，

春天的田野，看不到白色的冰寒。

        丽迪娅，白天要求我们付出的热情，

        不属于正在到来的夜晚。

        让我们更加平静地热爱

        我们捉摸不定的生活。

围坐在炉火边，我们疲倦并非由于劳作，

而是因为这一刻属于疲倦的时刻，

我们不要强迫我们的声音

去说穿一个秘密。   也许我们回忆的话语

                    会偶尔说出，会被打断

                   （太阳在黑暗中离去

对我们来说没有更多的意义)。

让我们一点一滴地回忆过去，
让过去已经讲过的故事
变成现在的故事，
重新向我们讲述。

那些在逝去的童年中失去的花朵，
那时候，我们是用另一种意识采花，
用另一种不同的目光
打量这个世界。

因此，丽迪娅，我们围坐在炉火边，
就像众神的一家人坐在永恒里，
就像人们在整理着衣物，
在缝补过去。

心无所念之中，我们也感到惶然，
惶然之中，我们只能去想
我们曾经所是的事物，
而外面，只有黑夜。

1914/7/30

我来到墓茔

我来到墓茔，你们在此告诉我，

这里没有我爱过的那个人。

她的眸光和笑声没有埋在

这个墓穴。

　　　　　啊，可这里埋着她的眼睛和嘴唇。

　　　　　我在灵魂的深处握过的那双手，也在此安眠！

　　　　　我哭！如一个人，如一个身体。

我编织花冠，不是为了我而是为了你

我编织花冠，不是为了我而是为了你

我把常春藤和玫瑰的花冠戴在你的头上。

为了我，你编织你的吧，

而我自己的，我看不见。

让我们彼此用青春去塑造美，

哪怕徒劳，这美也足以

让一个人取悦另一个人，

足以赏心悦目。

余下的是命运，它数着

敲打着我们额头的心跳，

度量着我们的生命，直到

冥河船夫的到来。

葡萄酒般绛紫的嘴唇

葡萄酒般绛紫的嘴唇，

玫瑰花掩映的洁白的额头，

裸露的雪白的前臂

在桌子上展露：

丽迪娅，就像在一幅画中，

我们缄默地羁留　　　　　　在这之前，生活，

并镌刻于　　　　　　　　　犹如众人经历的生活，

众神的意识之中。　　　　　弥漫着从条条道路上

　　　　　　　　　　　　　扬起的黑色尘埃。

　　　　　　　　　　　　　只有众神以自己为楷模，

　　　　　　　　　　　　　可以拯救那些

　　　　　　　　　　　　　在万物之河泅渡

　　　　　　　　　　　　　但一无所求的人们。

克洛伊，冬天总是来得太早

克洛伊，冬天总是来得太早。
即使我们习惯期待它的到来
它也总是提前
冷冻了我们的期待。

　　　　时日没有消亡，但这不会耽搁太久。
　　　　爱情或者信仰没有在我们身上诞生，
　　　　不爱，或者不信
　　　　也至少还让我们苟活。

　　　　　　　　我们的身体做出的所有的行为
　　　　　　　　都与先前的静止形成反差。
　　　　　　　　在恶劣的境况中
　　　　　　　　我们永远属于时间。

熟悉艺术，并以此来体验生命的人

由于持久地热爱艺术，

从而会从时间的嬗变中

取得胜利。

         而暮色降临，宛如须臾的一日，

         走向无可避免的结局，

         它引领着千篇一律的生活，

         然后遽然跌入深渊。

树叶在死之前不会意识到死

树叶在死之前不会意识到死。

是我们，克洛伊，是我们知道

它会死去。

克洛伊，因此，因此，

爱情，当我们凭爱情借用身体之前，

它已经在我们身上老去。

因此，我们，各自不同的我们，尽管年轻，

只有互相的回忆留下。

啊，如果我们的所是永远只是回忆，

我们不过是短暂的一刻。

我们使用此刻中的怒火，去灼烧属于它的回忆，

如同灼烧生命。克洛伊，让我们亲吻吧，

仿若一吻之后，

我们才看到死去的世界

正在颓然地坍塌。

1923/10/27

我不知你对我的爱

我不知你对我的爱，是真情

还是假意。只要是你给我的。就已足够。

既然时光已夺走我的青春。

想重返青春是错谬。

众神赐予我们的很少，而这微小的赐予还是假的。

然而，若是神给了我们，即使是假的，恩典

也是真的。我闭上眼睛，

我接受：足矣。

还有何求？

你化为物质的双手一无所求

你化为物质的双手一无所求，

止息的嘴唇也不再说出动人的话语，

被潮湿的泥土覆盖

你已在地下安息。

也许只有你从前恋爱时的微笑

让遥远的你变得不朽，让你从记忆中

一跃而出，一如当年的你，

现在，你的肉身已化为枯骨。

你生前在人世间用过的姓名，如一个灵魂那样活过，

但已经失去意义，不被人想起。

而颂歌记下的，只是

一个无名的微笑。

1927/5

我荒凉的额头，头发已见灰白

我荒凉的额头，头发已见灰白。

我青春已逝，

目光也愈加暗淡，

我的嘴唇失去了亲吻的权利。

假如你依然爱我，那么为了爱的缘故，别再爱我：

不要同我一起背叛我。

丽迪娅，当我们的秋天

丽迪娅，当我们的秋天

怀着冬天来临，让我们保留

一份想念，并非为未来的

春天保留，那是属于别人的，

也不为夏天，我们死于夏天，

而是为了留住在消失中留下的那些事物——

此刻，树叶抖动着金黄，

将自己变得不同。

早晨的微风

早晨的微风，仿佛被风神埃奥罗斯遗忘，
轻轻吹拂着田野，
阳光开始普照。

丽迪娅，此刻我们别贪求阳光更加灿烂，
有微风已足够，别贪求风吹得更猛。
微风就是微风，它就这样吹拂。

丽迪娅，对命运的恐惧折磨着我

丽迪娅，对命运的恐惧折磨着我。任何一件
给我的生命中带来新秩序的芥蒂小事，
都让我惊惧，丽迪娅。

       任何事，无论什么事，
       只要改变了我存在的平直轨道，
       哪怕这改变可以把事情变得更好，
       我都会憎恨，也不需要。愿众神
       施与我连贯的生活，像平原一样坦平，
       可以一马平川奔到尽头。

尽管我从未荣誉加身，
也从未从他人那里得到爱情或应有的尊重，
但对我来说，生活仅仅是生活，
我为生，活着。

克洛伊，我不要你爱我

克洛伊，我不要你爱我，爱是束缚，

爱要我同样去爱。而我要的是自由。

期待是情感的一笔债务。

丽迪娅，享受快乐，但慢慢来

丽迪娅，享受快乐，但慢慢来，

命运对有些人不仁，会从你手中

夺走快乐。

让我们丢下战利品，从世界的花园

悄悄撤走。

别惊醒沉睡的厄里倪厄斯，这复仇女神

会阻止我们的每一次享乐。

如同流水，我们是无言的过客，

让我们躲藏起来享乐吧。

丽迪娅，命运善妒，让我们保持沉默。

我爱我所看见的事物

我爱我所看见的事物，

因为有一天我将再也看不见。

我也爱那些原本的事物。

在恬静的间歇中，我感受爱

多过感受存在，

我爱存在的一切，也爱我自己。

如果原初的众神归来，最好

什么也不要给我，

因为他们同样一无所知。

1934/10/11

公平是针对每一个人的

公平是针对每一个人的，就像人的身材：

命运让一些人长得高大，

让另一些人得到幸福。

根本没有奖赏：人人各得其所而已。

丽迪娅，我们并不亏欠命运，

而是人各有命。

丽迪娅，不要在你想象的空间里

丽迪娅，不要在你想象的空间里

筑造未来，或者把自己许诺给明天，

就在今天完成自己，不要等待。

你是你的生命。

别委身于命运，你不属于未来。

在你喝空的酒杯和再次被斟满的酒杯之间，

谁知道命运会不会

掘出一个深渊？

我爱花，却不去寻找

我爱花，却不去寻找，如果花
开在我的眼前，我自然会欢喜。
而寻找的快乐，也会令人不快。

生命如同太阳，乃自然给予，
别去采花，摘下的花
不是我们的，它已死去。

仿佛每一个亲吻

仿佛每一个亲吻

都是离别之吻。

亲爱的克洛伊，让我们怀着爱去拥吻。

也许那只召唤航船的手

不再拍打我们的肩头，

那艘船不会来，来了也是空的；

我们俩已经互相捆绑在一起，

置身于沸沸扬扬的生活之外。

无论是爱情还是友情

无论是爱情还是友情，有些人

看重性爱胜过其他，而我从不是这样的人。

同样的道理，无论我多么欣赏美，

美只是美而已。

        飞落的鸟，看见的是什么叫它飞落

        而不是树枝；

        河水奔流，寻找它的汇合处，

        而无论是在哪里。

                因此，我抹平了差异，

                重要的是我爱，或者不爱，

                当相爱的时候，天生的纯真

                不会在爱情之中迷失。

→

爱不在所爱的对象那里，也等于爱的方式，

一旦我爱上她，我会爱任何事物。

我的爱不在对象那里。而是

在我的爱里。

众神给了我们这样的道路，

也给了我们要采的鲜花，

用完美的爱去采撷，我们或许

可以得到我们想要的东西。

我爱阿多尼斯花园的玫瑰

我爱阿多尼斯花园的玫瑰，

丽迪娅，我爱这些易逝的玫瑰：

在同一天生长，

在同一天凋零。

阳光永远照耀着它们：它们

在太阳升起后生长，又在

阿波罗停止他

闪光的旅程之前枯萎。

丽迪娅，让我们用一日过完一生，

不知而自觉，

因为我们活过的刹那

前后皆是黑夜。

1914/7/11

请你们用玫瑰为我加冕

请你们用玫瑰为我加冕，

真的用玫瑰

为我戴上冠冕——

这些在枯萎的玫瑰，

在我额前过早枯萎的

玫瑰！

请你们用玫瑰为我加冕，

再饰以短促的枝叶。

足矣。

Fernando & Ofélia

佩索阿与奥菲丽娅的情书

1920 年 2 月 28 日 [1]

我亲爱的费尔南多：

已是半夜，我要睡了，不过你要相信我在想念着我的爱人。他也在想着他的宝贝吗？当然没有……

你一定猜到了，我很悲伤，很沮丧，因为我刚刚同那个青年聊过，但听到的总是他的老调重弹，这让我特别想念我的费尔南多，想到他让我拥有的爱情，但他许诺给我的爱情是否足够真诚，是否值得我正在做出的牺牲呢？我看不上追求我的那个青年，他也许会让我幸福，我很清楚他对我的想法，我知道他想要我做什么。

现在你要坦率地告诉我，你让我对你有所了解吗？你对我说过你的想法吗？你对我们的事情是怎么想的？你什么也没有说过，我什么也不知道，只知道我爱你，仅此而已，但这并不足够。难道我没有全身心地去爱我的费尔南多吗？而我从你那里得到了什么回报？

我对你实话实说，不知多少次我担心你的爱不过是昙花一

---

1 奥菲丽娅在这封信里表示出要和佩索阿组建家庭的想法，而这是佩索阿抗拒的，参见他 3 月 1 日的回信。

现，总有一天你觉得厌烦了就会嫌弃我，尽管我已经向你证明我的爱是真诚的。亲爱的，你告诉我，你不认为我这样想是有道理的吗？我会从你那里得到我想得到的回报吗？我担心我不会，因为你从来没有说起过它。如果我确信我不会得到，那么我向我的费尔南多发誓，我宁愿永远离开你，尽管这要付出很大的代价，但总好过永远无法成为你的人，让现在的情形继续下去。如果亲爱的费尔南多未曾想过组建家庭，现在也不会想，那么为了一切，为了你姐姐的幸福，我请求你写信告诉我，告诉我你对我这个人的想法（别忘了，你跟我说过很多次，你欣赏我，而不爱我！），如果你的想法是这样的，我想我会断绝我们的（或许我不该这样说）友谊。完全生活在未知之中令我心如死灰，我宁肯幻想破灭也不愿沉湎于幻想之中。现在，我的"小鸟巢"[1]是否可以说出他对宝贝的真实想法，当然我这样写会让你生气，不过希望你生气，因为之后我知道我会请求你原谅的……我一直想告诉你这些，却缺少足够的勇气，或者没有适当的机会，但你不能对此无动于衷了，因为我不想继续被不确定性所困扰，我想知道我们的结果。

亲爱的费尔南多，告诉我你爱我，也要求我爱你。

我对你的爱依旧抱有希望，渴盼你的回信，因为这是我现在

---

1 佩索阿在写给奥菲丽娅的心中自称"小鸟巢""朱鹮"，把奥菲丽娅称为"宝贝""布娃娃""黄蜂""小野兽"等。

想要的。

非常非常爱你的小女友

奥菲丽娅·克罗斯（宝贝）

1920 年 3 月 1 日

亲爱的奥菲丽娅：

你为了向我表示你的轻蔑，或者说至少表示你真实的冷漠，无需假借如此长篇的说辞作为显而易见的掩饰，也无需你为此写下种种"理由"，它们既不诚恳，也没有说服力。其实你跟我说一声就行了。不过我还会以同样的方式去理解，但更让我心痛。

比起我，你更喜欢那个与你恋爱的青年，你喜欢他是非常自然的事，如果是这样，我怎么会把你往坏处想呢？奥菲丽娅，你喜欢谁是你的事，我想你没有义务非得爱我，也不必假装爱我，除非这样让你开心。

真正去爱的人不会写信，这些信读起来像是律师写的诉讼书。爱情不会对事情深究，也不会把对方当成被告那样去"审问"。

为什么不对我有话直说呢？你执意要折磨一个没有伤害过你的人，他没有伤害过你，也没有伤害过任何人；他过着孤单而悲哀的生活，这已让他不堪重负和痛苦；他不需要别人来为他的生活增添什么，给予他虚假的期盼和伪装的爱慕，要知道这些对他来说都没有意义，也没有益处，不过是拿他取乐，愚弄他。

我承认这一切都是滑稽的，但其中最滑稽的部分是我。我自己也觉得很可笑，如果我不是如此爱你，如果我有时间去想可以给我带来快乐而非痛苦的事情，尽管我爱你，但我还是配不上你爱我，而我知道仅仅爱你不是一个充足的理由来赢得你的爱。归根到底……

　　这里是我回复给你的"书面文件"。公证员埃乌热尼奥·席尔瓦证明我的签名有效。

　　　　　　　　　　　　　　　　费尔南多·佩索阿

1920 年 3 月 19 日　凌晨四点

我的小爱人，我亲爱的宝贝：

　　此时大概是凌晨四点，尽管我全身疼痛，需要休息，但我还是彻底放弃了上床睡觉。连着三个夜晚我都无法入睡，而这个夜晚是我一生中经历的最可怕的夜晚之一。而你是幸福的，亲爱的，你无法想象我是怎么过来的。我不仅咽喉痛，而且还不得不愚蠢地每隔两分钟就要咳一口痰，咳得我无法入睡。我并没有发烧，但有些神志不清，我觉得我要疯掉了，想大喊大叫，大声呻吟，说出无数的蠢话。我之所以这样，不仅仅是因为疾病直接造成的不适，还因为我昨天一整天都在为耽误了我家人到来的事情而烦恼。不仅如此，我堂兄七点半来到我这里，告诉我一大堆不好的消息，在此不值得一提。亲爱的，幸好这些烦心的事和你一点关系也没有。

　　再说，我病得很不是时候，我手上恰好有许多紧急的事情要办，而且不能把它们托付给别人去办。

　　我心爱的宝贝，你知道这些天，特别是这两天我的精神有多紧张吗？你想象不出我是怎么疯狂地想你的，无时无刻不在想你。一天见不到你，我就会无精打采，亲爱的，差不多已经三天没见到你了，我恨不得马上见到你！

亲爱的，告诉我：为什么你的第二封信——昨天你让奥索里奥送来的——表现出你如此的消极和悲伤？我理解你可能也在想念我，但是你显得那么神经质，那么伤心，那么消沉，读到你的信，看到你在受苦，我很难过。亲爱的，除了我们没有在一起，你还发生了什么事吗？发生了什么更糟糕的事吗？为什么你用那么绝望的语气说到我对你的爱？好像你在怀疑它，但你没有丝毫的理由去怀疑。

我完全是孤独的——可以这么说，这栋房子里的人真的对我很好，什么事对我都很客气，白天给我端来汤、牛奶，或该吃的药，但别指望他们会陪伴我。这个时候，天黑了，我感觉我像身在沙漠一样，口渴得很，但没有人会给我送来一杯水，我感觉太孤单了，都快要疯了，哪怕我想睡一会儿，也没有人守护在我的床边。

我浑身发冷，躺在床上假装休息。我不知道什么时候给你发出这封信，或者我还想多写点什么。

唉，我的小爱人，我可爱的宝贝，我的小布娃娃，要是你能在这儿就好了！许多许多许多许多许多的吻，来自你永远的

费尔南多

1920 年 3 月 19 日　上午九点

我亲爱的小爱人：

　　我给你写完上面那封信，好似服用了一剂迷魂药。我回到床上躺下，并不指望可以入睡，可是我一下子却睡了三四个钟头——不多，但你想象不出这对我来说是多么的不同。我感觉好多了，尽管喉咙仍然火烧似的，肿痛着，但身体的总体状况改善了很多，这说明我的病很快就会好起来。

　　如果我很快恢复，也许今天就可以去办公室稍作停留，如果这样，我就亲自把这封信交给你。

　　我希望我能去一趟，我顺便还有一些要紧的事情处理，虽然我不必亲自去办；可是我待在这儿，什么事都做不了。

　　再见，我亲爱的宝贝天使。想你，吻你，吻遍你，永远永远永远属于你的

费尔南多

Fernando → Ofélia

1920 年 3 月 20 日　深夜十一点

我永远亲爱的小费尔南多：

　　我对你发誓我是爱你的，用名誉保证，我说的是真心话。我刚才是跪在帕索斯保护神的面前，流着泪恳求你的，求你不要不爱我，求你永远深深地爱我，永远不要忘记我，我亲爱的爱人，你无法想象，你对我如此冷漠给我带来多么大的痛苦，你今天把这种冷漠表现得淋漓尽致。你怎么能就这样离开我，如此冷酷地对待你的宝贝！我以我的一切向你发誓，我一整天都无法接受你可能不再喜欢我（随你便吧），不再喜欢一个如此爱你的人！至少我做不到。我茶饭不思，唯一想做的事就是哭（我没说我多想来到你的身边啊），你要相信，我的眼睛都哭肿了，因为我不能说服自己你会忘记我，不再喜欢你的布娃娃了。不，亲爱的，你怎能把我忘记？！不要，你要永远做你的宝贝的知音，我们要非常非常地相爱，是不是，我亲爱的爱人？你保证说永远做我的知心朋友，你没有保证吗，小费尔南多？我相信帕索斯保护神一定会听到我说的话，因为不久前我很痛苦，便去祈求他让你永远做我的伴侣，所以我就安心了，因为我好像听见他说他会满足我的心愿的。我的小费尔南多，我在给你写信，我不能不写，我要一吐为快！亲爱的，如果这样让你厌恶，那请你原谅！我太伤心了，你不会想到，我坐在办公室里，有多伤心，我现在给你写信，可是我心神不宁，不知道自己在做什么，除非上帝带来奇迹，否则我无法不自己欺骗自己。请你相信，我的心思永远都在你的身上，想象着能和你在一起我会感到多么幸福啊！今天我还听到图书管理员对我说的一些事情，说得我眼睛又盈满了泪水，我不得不咬紧嘴唇才没让眼泪流出来，心里总是想着我没有在你身边，想着你今天在信里说的那些话；如果我在你身边，哪怕你对我冷若冰霜，我也相信我会用柔情把你融化，可现在！……我离你那么远！……当一个人不幸福的时候，活着就太悲伤了，不是吗，小费尔南多？活着失去了意义。

我焦急地等待明天中午去见你，我太想念我亲爱的爱人了！星期一中午我们在军械库大街你说的那个地点见面，小鸟巢，你别失约，好吗？

你不要忘记我，好不好？我求你了。我不知道什么时候可以把这封信送到你手里，我看看星期一上午是否有办法见到奥索里奥，把信交给他。你给我写信了吗？写一封温柔的信，好吗？因为你信上那些很甜蜜的话语，总会让我感到特别快乐和惬意，让我忘记我的痛苦。你的甜言蜜语是安慰我的灵丹妙药。

你曾答应过给我一件东西，我不得不再次求你兑现，因为要说话算数，我会保留它一辈子，拿什么东西也不会和它交换。你忘记是什么了，对不对？我晚些告诉你。你知道星期一是多少号吗？是22号，是个值得纪念的日子，不是吗，亲爱的？你今天回家了吗？

你的病好些了吗？如果你坐车回你在本菲卡的家，别忘了望一望我的窗子，好吗？（当然，如果可能的话）因为我会时常站在窗前，瞧着大街上驶向本菲卡的车辆，说不定我可以看见你。当你坐车去艾斯特拉，经过我住的大街时，你也要这样，好不好？不费事的。

差不多一点钟了，我还要把你的信收起来，端茶给我的父亲，他刚进门。我的脑子被彻底掏空了，我看是否可以睡一会儿。我傻乎乎的，絮絮叨叨给你写了这么多，我傻吗？不管怎么样，我的小费尔南多不会忘记我，也不会不喜欢他的"小宝贝"的。对不？

小费尔南多，我们明天下午两点见，我都着急了。你的小甜心希望你快些好起来，也特别希望你给她写有趣的信，你的信是她最期待的。你在抽烟斗吗？别抽了，好吗？

再见，一直想着我，永远不要忘记我，求你。

吻你，深吻你，永远属于你的可爱的

奥菲丽娅·克罗斯

P.S.：小鸟巢别忘了给我写点什么，星期一来的时候带给我。

"哦！该是多么悲伤，如果我们满怀思念想起那个或许已经忘记我们的人！"

O. Q.

1920 年 11 月 29 日 [1]

奥菲丽娅：

谢谢你的回信。它同时给我带来悲伤和宽慰。悲伤，因为这些事情向来令人悲伤；宽慰，因为这实际上是唯一的解决办法——爱已失去存在的理由，我们无需再继续维持现状，你我都不想这样。就我而言，至少还会保留对你深深的敬意与不渝的友情。奥菲丽娅，你对此不会拒绝，是不是？

你和我在这件事情上都没错。错的是命运，假如命运可以像人那样承担过错的话。

时间会让我们皱纹满脸，鬓发灰白，也会很快让我们浓情枯竭。大多数蠢人不会察觉到这一点，他们还以为他们还在爱着，因为他们习惯了爱的这种感觉。如果不是这样，世界上就没有幸福的人了。然而，脱俗的人不会沉迷于这种幻想的可能性，因为他们不可能相信爱会永存，他们不会自欺欺人，当他们觉得爱已终结，便把爱留下的敬意或者感激视为爱情的延续。

这些事情让人痛苦，但痛苦终会消散。假若高于一切的生命

---

1 这是佩索阿写给奥菲丽娅的绝交信，因为他无法满足奥菲丽娅要和他组建家庭的愿望。

走到尽头，那么属于生命的一部分的爱与痛，以及诸多种种，怎么能不过去呢？

你的信对我是不公平的，但是我理解你，也原谅你；你写这封信时一定是心怀怨恨，也许心都碎了。大多数人，无论男女，遇到这种情况言辞会更加尖刻，更加不公。相比之下，奥菲丽娅，你性情极好，连你的愤恨都没有恶意。如果你结婚后没有得到应得的幸福，那么肯定不是你做错了什么。

至于我……

爱已远离，但我对你依然心存不变的情感。请你相信，我不会忘记，也永远不会忘记你娇俏的容颜、你童真般的举止、你的柔情和专注，不会忘记你美好的天性。可能是我错了，我所说的你的种种品质，不过是我的错觉而已，但我相信并非如此，即便是错觉，我对你的描述也不会有夸大其词的成分。

我不知道你要我归还你什么，是信件还是什么别的东西？我宁愿什么都不还给你，而是把你可爱的来信保存起来，既然往事像所有的往事一样，都已过去。我想留下不灭的记忆，因为这是我生命中一段刻骨铭心的经历，而在我的生命中，飞逝的时光总是与不幸和绝望结伴而行。

我请求你，以后别像心胸狭窄的庸常之人那样待我，不要经过我的时候视而不见，不要念念不忘对我的怨恨。我们俩还应该像童年时就已相识，两小无猜，彼此倾心，尽管成年后各自走上不同的路，有了别的感情，但在心灵深处，将永远不会忘记这份弥久却无果的初爱。

　　奥菲丽娅，我所说的"别的感情"和"不同的路"关乎的是你，而不是我。我的命运听命于另外的法则，你并不知道存在着这样的法则，也不知道我的命运会逐渐被我的导师们支配，他们对我既不容忍也不宽恕。

　　你无需明白这一点。只要你用温情把我保存在你的记忆中就够了，我也一样，对你终生不忘。

　　　　　　　　　　　　　　　　　　　　　　　　　费尔南多

1920 年 12 月 1 日 [1]

费尔南多：

读完你的信，你在信中所言直到现在还让我处于万般痛苦之中。

我的担心和我内心的感觉没有欺骗我，我看到我所爱的人属于这样一类活物，他们玩弄纯洁的感情，他们可以不知疲倦地折磨那些可怜的女孩子的心，他们和这些女孩子谈情说爱不是为了爱，不是为了一个充满希望的美好未来，不是为了谋取利益，甚至不是任性所为，而仅仅是为了寻开心，于是便给她们带去痛苦，扰乱她们的生活，甚至去折磨她们。我以前从没想过有这类人，也不了解。这太好了！太崇高了！太伟大了！

你说到我写给你的信，你想留就留着吧，虽然这些信写得都很肤浅。

至于我，我将来会把这件事当成一次教训，它让我知道了一个男人可以如何把他的情感、爱情和友善描绘得跟真的似的。让一个涉世未深的女孩子相信。

---

1 这是奥菲丽娅对佩索阿绝交信的回复。

几天前，我的一个知心女友告诉我这样几句话："一个女人只相信男人一句话，那她不过是个可怜的傻瓜；如果有一天有人假装爱她，给她端来的却是一碗毒药，那么她就一口喝下去吧，因为这样她的世界就摆脱了欺骗。"

我们都赞同！再说，说得有道理……

奥菲丽娅

P.S.：请原谅我今天才回复你的来信，因为我姐夫的弟弟过世了，我没有回家，因此未能如你希望的那样尽早回复。

祝你拥有无限的幸福……

奥菲丽娅

Ofélia → Fernando

Maria José

玛丽娅 · 若泽写给安东尼奥先生的情书

这是佩索阿假借另一个异名者，

也是众多异名者中唯一的女性

玛丽娅 · 若泽的名义

写给虚拟的安东尼奥先生的一封情书。

佩索阿把她虚构成一个渴望爱情的驼背姑娘，

对其心理活动细致而准确的体察以及对女性口吻的模仿

实在令人惊奇。

安东尼奥先生：

　　您本来永远都不会读到这封信，连我自己都不会把它重读一遍，因为我得了肺结核病，快死了，所以要写信让您知道我是怎么想的，否则的话我会憋死。

　　您不知道我是谁，我的意思是，您或许是知道的，但更像是不知道。在您去工厂的路上，一定见过我守在窗前望着您，因为我知道您大概什么时候路过，我总会在窗前等着您。您应该会想到，在黄色楼房二楼有一个驼着背的姑娘，但不会把她放在心上，可我却一直想着您。我知道您有女友，那个身材高挑、金发碧眼的漂亮姑娘。我羡慕她，但并不嫉妒，因为我没有任何权利去得到什么，连嫉妒的权利也没有。我因为喜欢您而喜欢您，我可怜自己不是一个不同的女人，有不同的身体、不同的相貌，可以走到街上去和您攀谈，哪怕您不给我这样做的理由，我还是很希望能够认识您，跟您说说话。

　　您是我拥有的全部，让病中的我有活下去的价值。我为此对您深怀感激，虽然您一点也不知道。我永远不可能让人喜欢我，像那些有着诱人的身体的人那样被人喜欢，但是我有权利去喜欢别人而无需他们喜欢我，我同样也有哭的权利，这个权利人人都有。

我很想死去之前和您说说话，就一次。但我总是没有勇气，也找不到合适的方式。我希望您能知道我是多么喜欢您，但又害怕您如果知道了也完全不会放在心上，在知道事情是否真的会是这样之前，我就已经明白事情肯定会是这样的，我很伤心，因此我也就不想千方百计地去确认这件事了。

我生来就是驼背，总是遭人嘲笑。他们说驼背的女孩都很坏，可是我从没有害过任何人。再说，我是个病人，因为生病，哪有精神头儿去跟别人发脾气呢？我已经十九岁了，却不知道究竟为什么自己已经活了这么久。我有病在身，人们可怜我无非因为我是驼背，其实驼背并不是我最大的痛苦，让我痛苦的是我的这颗心，不是我的身体，因为驼背不会痛。

我很想知道您和女友的生活是怎样的，因为那样的生活我永远都不会拥有——而现在我的生命也快没有了——我想知道你们的一切。

很抱歉，我还不认识您却写了这么多给您，但您是不会读这封信的，即使读到了，您也不会知道这是写给您的，无论怎样，您都不会很在乎，但是我希望您能想到这一点，想想做一个只能坐在窗边打发时光，除了母亲和姐妹没有其他人爱的驼背，是多么伤心的事啊，再说母亲和姐妹对我的爱是自然而然的，因为她们是我的家人，对于一个骨头已颠三倒四的玩具娃娃（我就是这样的玩具娃娃，我听有人这么说过），她们至少要给一些爱吧。

一天早晨，在您去工厂的路上，有一只猫跟一条狗在我窗子对面的街上撕咬起来，人人都在看，您也在位于街角的"大胡子曼努埃尔理发店"前停下来观看，并且朝窗前的我看过来，您看见我正在笑，您也冲着我笑了笑，那是您唯一的一次和我单独在一起，这么说吧，这样的美事我想都没想过。

您想象不到，无数次，我希望当您经过时，街上还会发生类似的事情，这样我也许又可以看到驻足观看的您了，也许您还会抬眼望我，我也可以再望向您，看见您的眼睛直视着我的眼睛。

不过，我不会得到我所要的任何东西，我一生下来就命该如此，甚至为了看一看窗外的景物，也要把脚底垫高一些才可以看到。我每天翻阅着别人借给母亲的时尚杂志或者绘本来打发时间，心里却总想着自己的心事，因此当人们问我哪条裙子怎么样，图片中和英国女王在一起的人是谁时，我总是羞愧得答不上来，因为我在看的那些东西都是不现实的，我不能让这些东西走进我的头脑，先是让我快乐，然后逼着我想大哭一场。

然后大家都会来原谅我，认为我是个傻姑娘，但并不愚蠢，因为没有人觉得我蠢，而我也不觉得别人的原谅有什么不好，因为这样我就不需要向他们解释为什么我总是心不在焉。

我还记得那一天，是个星期天，您穿一件淡蓝色的衣服路过这里。不是淡蓝色，是哔叽布的那种浅蓝色，比起通常看到的深蓝色要浅淡许多。您看上去就像那天的天气，十分美好，那一天，我嫉妒所有的正常人，这是从来没有过的。不过，如果您不是去见您的女友而是去和其他姑娘约会，那么我是不会嫉妒您的女友的，因为我想的不是她，而是您。正因为如此，我嫉妒世界上所有的人，我不明白为什么，但事实如此。

我不仅仅因为驼背而老是坐在窗前，而是因为我的双腿还患有一种类似风湿的病，不能动，其实我这个样子，就是一个行动不便的残废，成了家人的一个累赘，我感觉所有的人都不得不忍受我，不得不接受我，您无法想象这是一种什么滋味。有时候我沮丧得要命，恨不得从窗口跳下去，一了百了，但我跳下去会是什么模样啊？连那些看我跳下去的人也会笑我，而窗子又那么低，也许我没有摔死，反而会给人们带来更大的麻烦，而我仿佛都能看到自己像只母猴，裸着两条腿趴在街上，驼背也从衬衣里鼓露出来，大家都看着我可怜，同时又觉得厌恶，也许还会哈哈大笑起来，因为人原本就是这样的，不是想要他们怎样就怎样。

四处走动的您，根本不会知道那些被忽视的人活得有多么沉重。我整天都守在窗前，看着人们来来往往，互相说着话，人人都有自己的生活方式，而我就像一只被遗忘在窗台上的花盆，里面的花儿已经枯萎，等着被移走。

（……）

——但究竟为什么我给您写这封信却不把它寄给您呢？

您长得很帅，身体又健康，所以您不会想到，有些人来到世上却活得不像个人是怎样的一种生活。他们只能在报纸上看看别人在做些什么：有些人做了部长，很风光地周游世界；有些人正常地生活着，他们结婚，受洗，患病，甚至动手术也找同一个医生；有些人在这里那里都有房子，轮换着住上一阵子；有些人偷窃，另一些人去控告；有些人犯下严重的罪行，而另一些人签署法律条文；有些人的名字登在图片和广告上，他们会去国外买时髦的服装。所有这一切，您绝对想象不到，对于我这样形同一块抹布的人来说意味着什么，这块抹布就丢在窗台上，只是用来抹掉花盆在窗台上留下的水渍，因为水渍，窗台上的油漆都显得比我的生活鲜艳。

假如您明白了这一切，那么您可能会偶尔在街边朝我打个招呼，我希望这是我对您唯一的请求，因为您也许不知道，我不会活得很久，而这是我生前为数不多想做的事情，如果我看到您偶尔问候我一声，那么我去该去的地方的时候也会快乐一些。

裁缝玛格丽达告诉我，她有一次跟您说过话，态度很粗鲁，那是因为您在街上对她有动手动脚的举动，这一次我觉得我嫉妒了，坦白地说，是真的嫉妒，我不会对您撒谎，我嫉妒，是因为我们是女人男人才会做出这样的举动，可我既不是女人也不是男人，因为人们都觉得我什么也不是，不过是一个填充窗边这点空间的活物而已，身上的一切都让人讨厌，上帝救我吧。

安东尼奥，汽车修理厂的安东尼奥（他取了和您一样的名字，可是多么不同！），有一次对我父亲说，人人都应该工作，生产点什么，不生产的人就没有权利活着，不劳者就该没饭吃，谁都没有权利不劳而获。因此我想着我来到世上却一事无成，只是守在窗前看着那些四肢健全的人来来去去，他们会和自己喜欢的人在一起，然后需要什么就轻松自在地生产些什么，因为他们喜欢这样做。

再见，安东尼奥先生。我来日无多，我写这封信，只是为了把它珍藏于心，好像它是您写给我而不是我写给您的。我衷心祝您享有天下所有的幸福，也希望您永远不知道我这个人的存在，免得您取笑我，我深知，我不能奢求太多。

爱您，用我全部的灵魂和生命。

我都给您写出来了。我在哭。

玛丽娅·若泽

译后记
佩索阿：用灰烬燃烧的生命和爱情

佩索阿一生只爱过一次，只爱过一个女人。爱情让他在自己庸常的世俗生活中放了一把火，不过当火熊熊燃烧之际，他又开来救火车，决然地扑灭了这场火。他是放火者，也是灭火者，就像他的人生和写作，总是在矛盾、悖论、癫狂、彷徨与不安中纠缠不休，忙于在世界的现场寻找自我，辨认自我，同时又否定自我，逃离自我，让自己缺席，正如他在《不安之书》中所说："为了寻找，我放弃了我在生活里寻找到的一切。我就像一个茫然不知在寻找着什么的人，寻找着，寻找着，在梦中却又忘记了要寻找什么。"

佩索阿反复强调说，他谁也不是，他是"无人"，他只是"一个不存在的小镇的郊外"，但他又面对着世界宣称"我的心略大于整个宇宙"。因此，他那强大得无法自持的自我常常如火山喷发，通过众多异名者的写作向着四周喷溅，有时火花带来了瞬间的光亮，但更多的时候加深了自我和世界的黑暗，"我是很多个人"，但在"这么多人中，我是一个人，一个孤单的人，如同

→

197

花丛间的坟墓"，他这样哀叹道。

在他繁杂而多样性（包括诗歌、随笔、小说、戏剧、评论等）的写作中，爱情不可或缺，他以此为题写下了大量的文字，但爱情不过是他逃离的一个出口，是他缺席的一条道路。在他与爱情相关的文字中，只有很少的一部分是直接写给他深爱过的女人奥菲丽娅的，绝大部分是他就爱情而写下的感受、思索或者想象。不仅如此，他涉及的题材还包括家庭、婚姻、男女关系，甚至性爱也是他议论的话题，虽然研究者普遍认为，他终生都是童子之身。

佩索阿不仅本人书写爱情，还号召他的异名者们参与其中，其中三个最重要的异名者阿尔伯特·卡埃罗、阿尔瓦罗·德·冈波斯、里卡多·雷伊斯，以及《不安之书》的作者、半异名者索亚雷斯都通过诗歌和随笔表现出对爱情的各自的观点和立场。他甚至会让他的异名者介入他与奥菲丽娅的恋爱，其中最明显的例子是阿尔瓦罗·德·冈波斯，他试图带着这位海事工程师一起去见奥菲丽娅，而且以他的名义写信给他的恋人。

从相貌上来看，佩索阿算是一个普通人，他本人对自己的相貌缺乏自信，多次写到自己相貌丑陋。实际上并没有这么夸张。他身材瘦弱，身高 1.73 米，背有些驼（他虚构的女性异名者玛丽娅·若泽就是个驼背姑娘），胸脯板平。他的腿很长，但并不强健；双手修长，但动作稍显迟缓。他走起路来步子很快，不过

→

缺少协调性，那姿势让人从老远就能认出他来。或许从小受到英国文化的熏陶，他总是绅士一样的打扮，整齐的白衬衣，深色西装，配深色领带或蝴蝶结。他喜欢蓄着小胡子，戴一副深色玳瑁眼镜，眼镜后面是一双栗色的眼睛，目光显得很专注。他也喜欢戴礼帽，帽檐会微微向右倾斜，但帽子常常是皱巴巴的，这是独身生活留下的痕迹，他的个人生活乏人照料。总而言之，佩索阿会给人一种公司小职员的形象，他与那些穿行于里斯本商业区的小职员相差无几，最大的区别或许是他的脸上总是写满了忧郁和沉思。

他给人的印象是内向、克制、寡语；他很少谈论自己，不喜欢涉及私人问题；他知道如何保护自己的隐私，他与奥菲丽娅的恋爱一直都在秘密中进行。实际上，佩索阿的内心充满澎湃的激情，甚至癫狂，但他只会把这种激情倾注到写作当中，而不是口头表达，或者诉诸行动，但与奥菲丽娅的恋爱是一个例外。他有些禁忌，比如不喜欢被人拍照，不爱打电话却常常发电报（主要是给奥菲丽娅），而作为词语闪电的收集者，他却害怕打雷。他喜欢集邮，收藏明信片，却不喜欢旅游，他认为世界上所有的地方都一样。他喜欢阅读，从他的写作可知他几乎对所有经典作家都很了解。他也欣赏音乐，喜欢的音乐家有贝多芬、肖邦、莫扎特、威尔第、瓦格纳等。在诗人聚会中，他偶尔朗诵诗歌，但他的嗓音有些尖利，并不适合诗歌朗诵，有朋友说他的朗诵会糟蹋诗歌。

佩索阿的生活单调、刻板，一直过着离群索居的生活，其实他喜欢和朋友交往，也结交了一些朋友，其中既有文学同道、同事、教师，也有理发师、女仆、牛奶店的老板等"引车卖浆者流"，他受过良好的教育，心地善良，身上有一种高贵的气质，而且乐于助人。奥菲丽娅对他的人品评价甚高，说他是一个"风趣幽默""善良体贴的男人"，也许正因为如此，对这样一个按照世俗标准来说不太正常的男人，她爱得不离不弃，坚定不渝，这一点可以从她写给佩索阿的情书中得到证明。

佩索阿只活了四十七岁，一万七千多个日日夜夜，这对志存高远的他来说，生命显得过于短暂了。看看他的人生履历，可知他的人生是平淡无奇的。他除了随家人在南非度过少年时代和在亚速尔群岛做过短暂逗留之外，没有游历过世界的其他任何地方。他的大部分时间，都是在里斯本的几条大街上度过的。他一生没有改变过工作，始终在几家贸易公司做翻译商业信函的普通职员。其实，他上过很好的学校，英文、法文都很好，可以找到更好的工作，但是他不喜欢承担责任。他的工作虽然单调乏味，但好处是可以一周只工作两天，这让他有很多的时间用于写作。在还不到二十岁的时候，他就选择了自己的生活，之后基本上没有改变过：除了里斯本的几条大街和公司的办公室，他大部分时间是在自己的房间里度过的。他自己也承认他是一个失败者，然而人生中又有什么令他迷醉呢？没有，除了文学和诗歌，其他的都只是陪衬，包括爱情。他说："永远当一个会计就是我的命运，而诗歌和文学纯粹是在我头上停落一时的蝴蝶，仅仅是用它们的非凡美丽来衬托我自己的荒谬可笑。"

1920年，佩索阿已过而立之年。他开办印刷厂的计划未能实现，而作为诗人，虽然他的才华在文人圈子里博得一些名声，但是他宏伟的文学计划进展得并不顺利。他依旧在一家贸易公司做文员，他的表弟是这家公司的股东之一，这让他在公司享受某种优待。这一年佩索阿恋爱了，一个叫奥菲丽娅·克罗斯的年轻女子通过报纸广告应聘到这家公司，担任翻译员及打字员。她家境不错，属于中产阶层，她也很受家人的宠爱，根本无需出来工作，再说那个时候这样家庭的女子很少在社会上抛头露面，但奥菲丽娅是一个快乐、聪明而开放的女子，她出来工作是为了见识一下社会。根据留下来的照片来看，她身材娇小，面貌端庄，有一双美丽而活泼的眼睛。那一年奥菲丽娅十九岁，佩索阿三十一岁，两人相差十二岁。从未恋爱过的佩索阿对她一见钟情，却装成若无其事的样子。一天，公司突然停电，佩索阿手拿一盏石油灯来到奥菲丽娅的面前，递给她一张纸条，上面写着："请留下。"下班后，佩索阿走到她的面前，郑重其事地朗诵哈姆雷特的台词来表白爱情，奥菲丽娅完全给吓蒙了，慌忙起身告辞，佩索阿把她送到门口，在门口像情场老手那样突然揽住她的腰

→

肢，在她的脸上狂吻，"像发了疯一样"，奥菲丽娅在佩索阿辞世四十三年之后回忆说。

次日，佩索阿平静自若，好似什么都没有发生过一样，1920年2月28日，奥菲丽娅写信要求他解释。佩索阿很快在1920年3月1日回信了，这标志着他们的恋爱正式开始。他们天天在办公室见面，但佩索阿小心谨慎，要求奥菲丽娅不要向外人暴露他们的亲密关系，也不允许她把他们称为"恋人"，他认为这样的称谓是滑稽可笑的。佩索阿深知如何博得女人的欢心，他会不时给奥菲丽娅带来礼物：一个布娃娃、一枚像章或者一个手镯。他还经常递纸条给奥菲丽娅，向她索吻。虽然他们天天在办公室见面，但佩索阿还是喜欢用滚烫的，甚至肉麻的字眼给奥菲丽娅写情书，也许他用文字表达得更加自如。他把奥菲丽娅叫作"宝贝、乖宝贝、宝贝天使、坏宝贝、可人儿、小爱人、小娃娃"，把自己叫作"大男孩"或者"鸟巢"。同年4月25日，佩索阿在给奥菲丽娅的信中写道："亲爱的，我们何时可以找地方独处？我唇舌枯涩，是因为我太久没有吻你了。我的宝贝，到我的怀里来吧，我的宝贝来亲我吧……"

不久后，奥菲丽娅去另外一家公司上班，他们无法在办公室见面了，但还是经常在周末约会。后来事情变得复杂起来，奥菲丽娅坚持要佩索阿去见她的家人，她把佩索阿当成可以谈婚论嫁的对象。她在1920年4月8日写给佩索阿的信中说："我渴望成为你的新娘，不为别的，只为喜欢你每天看到我，看见我的妆容，只为安心地拥有你，我亲爱的费尔南多，为了确信你完全属于我，可以与你一起生活，白头到老。"然而，佩索阿却感到恐惧，他认为他的"宝贝已经死了"，从此他们的关系逐渐冷淡，佩索阿在情书结尾惯用的"吻你"也变成了客套的"你的佩索阿"。佩索阿寻找借口不再与奥菲丽娅见面，这一年的 11 月 29 日，佩索阿写信给奥菲丽娅正式表示决裂，他在信中写道："你和我在这件事情上都没错。错的是命运，假如命运可以像人那样承担过错的话。"他还写道："我的命运听命于另外的法则，你并不知道存在着这样的法则，也不知道我的命运会逐渐被我的导师们支配，他们对我既不容忍也不宽恕。"

不过，这段感情并没有彻底结束。事隔九年之后，即 1929 年 9 月，他们重续旧缘，原因是奥菲丽娅的一个表弟也是一个诗人，而且是佩索阿的好友。一天表弟带回一张佩索阿正在饮酒的照片，上面写有佩索阿的题词："佩索阿正在迷醉"。奥菲丽娅看到后也想得到一张，佩索阿得知后便给了她。奥菲丽娅写信表示感谢，佩索阿回复说："我们重续前缘了。"此时，奥菲丽娅已不再工作，有大把时间来谈情说爱。根据奥菲丽娅的回忆，佩索阿开始出入她家，一般是作为她表弟的朋友，虽然他温情依旧，但奥菲丽娅感觉他已经判若两人，给她写的信也失去了往日的炽烈。奥菲丽娅说："他只是喜欢我，但已经不爱我，至少不像九年前那样爱我了。"他总是很紧张，时常对奥菲丽娅说："我担心让你不幸福。因为我用于写作的时间太多了。"同时他担心自己的经济状况，忧虑不能保证奥菲丽娅已经"习惯的生活水平"。这一时期，佩索阿的经济状况越来越糟，加上他对自己的文学计划忧心忡忡，惶惶不可终日，精神处于高度紧张的状态，因此他酒喝得越来越凶，一天要抽掉三四包香烟，这损害了他的健康，他最后虚弱得甚至无法手挽着奥菲丽娅在街头散步了。

佩索阿与奥菲丽娅虽然爱得非常狂热，但他们的爱情基本上停留在精神层面，身体的接触仅仅限于接吻和拥抱。佩索阿曾借半异名者索亚雷斯之口在《不安之书》中表达了对肉体占有的不屑，并表示自己是一个禁欲主义者。

在1920年的九个多月当中和1929年至1930年的四个月的时间里，佩索阿一共给比自己小十二岁的奥菲丽娅写了51封情书，其措辞之火热，使人无法怀疑其爱之真切。奥菲丽娅要求的是世俗的爱恋、婚姻和家庭，而佩索阿却不想走进婚姻和家庭。他在害怕被孤独煎熬的同时，又害怕婚姻带来的压迫和束缚。他需要自由的思想，需要自己的空间，什么都不可能让他放弃他已经选择的生活方式，他说："我的生活围绕着我的文学事业而进行，其他的一切，不论是好的还是不好的，对我来说都是次要的。"在《不安之书》中，他曾这样表明他对爱情的态度："一次，命运鬼使神差，竟然让我相信我爱上了一个人，而且可以证明那个人也确实爱我，但我的第一反应是疑惑，像是我被幸运眷顾，得了无法兑换现金的大奖。由于我也是凡夫俗子，竟然禁不住有些飘飘然。然而，这看起来很自然的情感转瞬消失，被一种说不清楚的不适感所代替，这种感觉包含了枯燥、羞辱和厌倦。命运把一些奇特而陌生的任务强加于我，我不得不做出牺牲，自由地利用夜晚的时光去完成。"由此看来，只有伟大的文学理想才是维系他人生的重要支柱，因此他两次打消了与奥菲丽娅共结连理的想法。不过，有人认为佩索阿离开奥菲丽娅的另一个原因是他拮据的经济状况，他担心他没有物质条件去满足出身于中产家庭的奥菲丽娅婚后过上体面的生活，他曾在一首诗中写道："我多想拥有你，但没有条件和客厅。"

佩索阿死后，奥菲丽娅无法忘怀他们两人炽热但没有结果的爱情，始终生活在对往事的追忆之中，而且保留着佩索阿给她的所有的情书和信物。从奥菲丽娅写给佩索阿的 200 多封情书中可以看出，其实奥菲丽娅比佩索阿爱得更加执着和热烈，对佩索阿十分依恋。1938 年，她结识了一位戏剧导演并与之结婚，平静地生活到 1991 年去世，享年九十一岁。

佩索阿的一生中，他并非只对奥菲丽娅这一个女人感兴趣，在他的诗中曾多次出现过其他的女性形象，如"英国姑娘"和"金发姑娘"。根据《佩索阿：一部准传记》(*Fernando Pessoa, uma quase autobiografia*) 的作者若泽·菲略 (José Paulo Filho) 对诗人生平的钩沉，佩索阿曾对一位金发碧眼、"牙齿洁净得像河中的卵石"一样的姑娘念念不忘，在数首诗中都提及过她，但这不过是佩索阿另一次的"纸上恋爱"，并没有付出实际行动，正如他在诗中所说"我爱你，只为拥你入梦"。

墨西哥诗人帕斯曾说佩索阿的诗歌中总是很少有女性的形象出现，"在这些作品中缺少巨大的快乐。缺少激情和缺少成为唯一那个人所引发的爱情"。其实并非如此，他绝对是裹挟着爱的激情去和奥菲丽娅相恋的，并且写下了如此"可笑"的情书，心中没有火焰的人是写不出来的。即使他们分手之后，奥菲丽娅也如一缕烛光始终若隐若现地投射在他的生命与写作之中。

佩索阿说："我没有个性：我已经将我所有的人格分配给那些异名者，我只是他们的文学执行人。现在我是他们这个小团体的聚集地，他们属于我。"在这个"小团体"中，被佩索阿奉为导师的阿尔伯特·卡埃罗心静如水，在明月高悬的夜空下放牧着思想的羊群，而思想就是感觉。他是一个感觉主义者，感觉才是他感受和认知爱情和世界的方式，因为人一旦开始形而上学地思考与言说，就会陷入枯涩的陈词滥调。他没有上帝，也没有宗教，拥有自然和花朵的人不需要神祇。他不渴求爱或者被爱，让一切都顺其自然地发生。他写的《恋爱的牧羊人》这组诗十分迷人，语调平静，意象清纯，诗句仿佛是月光流水，从一种自然的状态中萌发而出。

而同样奉卡埃罗为导师的里卡多·雷伊斯，也是一个感觉主义者。作为一个现代社会的异教徒，他喜欢回归古典主义，热衷于对古典诗歌形式的探求，以一种旁观者的睿智和玄思感叹时间的须臾、生命的无常以及爱情的虚无，强调无欲无求方可得到微小的快乐。他崇尚贺拉斯，模仿他的颂歌体也写下数十首颂歌，并且同样注重形式和韵律的谨严。在他的诗歌中经常出现"丽迪娅""克洛伊"和"妮拉"的女性名字，这三位神话中的女神都在贺拉斯的颂歌中出现，被雷伊斯借用到自己的颂歌中，其中"丽迪娅"在十六首颂歌中出现过，次数最多，可以说她是伴随着雷伊斯一生的女性。

　　阿尔瓦罗·德·冈波斯应该是佩索阿最为率真的代言者。在未来主义式的喊叫和吟唱中，他向惠特曼靠拢，体会着惠特曼式的词语奔泻的快感，驾驭着绝望和惶然的马车一路狂奔，而终点并不是未来主义工业进步的凯旋，而是倦怠与虚无。在对待爱情的态度上他十分矛盾，一方面他嘲笑爱情和情书的可笑，另一方面他又会虚构出在乡间度假有爱妻相伴的温馨场面。

　　作为本体的佩索阿，他说他是"逃跑的那个"，他认识到"自己的荒谬可笑"，他要抹除自我，给自我戴上不同的面具，让一个个面具变为虚假的真实，或者真实的虚假。他的脸可以变出一张张其他人的脸，如同一张毕加索的立体派肖像画，他以不同的面孔和内心凝视着自我、我们和世界。

佩索阿把他的一生变成一场"伟大的失眠",他启动强大的想象力引擎,行走着做梦,试图以既矛盾又统一,既分裂又完整的白日梦式的写作摆脱上帝的剥削和人性的被奴役。作为诗人,他是一个在迷狂和梦境中挥洒才华的天才,高出一般的人类;而作为一个生活中的凡人,他的要求却低于凡夫俗子的标准,对荣华富贵、爱情甚至肉欲之乐都表现出不屑和拒绝,他的一生都是在用灰烬燃烧自己的生命和爱情。

佩索阿的写作繁复而多元,风格变化多端,面对这一位伟大的诗人,翻译变成一个巨大的挑战,我在翻译的过程中始终诚惶诚恐,如履薄冰,唯恐把一位大诗人翻译"小"了,因为佩索阿对葡萄牙语充满智慧和想象力的运用给译者的理解和表达设置了重重障碍,这需要译者以极大的耐心去克服;再者,佩索阿的大部分诗歌注重韵律,是押韵的,这在译文里很难得到充分的体现,译者只能做一些力所能及的努力。

最后,附上我写给佩索阿的一首诗作为本文的结束:

佩索阿的爱情

你具有改造世界的能力
你把整个世界变成里斯本的道拉多雷斯大街

你每天来回行走于世界

不管阳光明媚，还是阴雨连绵

你都会投下不止一个身影

两个，三个，四个，或者更多

那些被你赋予血液喧响的异名者

总是与你形影不离

1920 年，从没想过恋爱的你

突然坠入情网

就像一根枯秃的树枝

爆生出绿叶和花蕾

你努力做一个恋爱的男人

搂着奥菲丽娅的腰肢在罗西奥广场散步

并在她的掌心

写下世界上最肉麻的情书

"写情书是可笑的"

恋爱了而不写情书更为可笑

但当你写完最后一封情书

却从最后一个句号中跳了出来

就像一只老虎

逃离了马戏团的火圈

因为你在奥菲丽娅的目光深处

看到了婚姻

而婚姻是一座叫人生病的医院

你的肉身也渴求过欢爱

但更愿意

被略大于整个宇宙的心灵所奴役

比起细嗅蔷薇

你更愿意想象一朵未来的玫瑰

哪怕奥菲丽娅在玫瑰中枯萎

姚风

2020 年 3 月 24 日于澳门

—

我的心迟到了：佩索阿情诗

作者 _ [葡] 费尔南多·佩索阿　　译者 _ 姚风

产品经理 _ 殷梦奇　　装帧设计 _ 付禹霖　　产品总监 _ 应凡

技术编辑 _ 顾逸飞　　责任印制 _ 刘淼　　出品人 _ 贺彦军

营销团队 _ 毛婷 阮班欢

鸣谢（排名不分先后）

戴亚伶 李蕾 为你读诗

果麦
www.guomai.cn

以 微 小 的 力 量 推 动 文 明

图书在版编目(CIP)数据

我的心迟到了：佩索阿情诗 / （葡）费尔南多·佩索阿著；姚风译. -- 杭州：浙江文艺出版社, 2020.11（2025.3重印）

ISBN 978-7-5339-6241-8

Ⅰ.①我… Ⅱ.①费…②姚… Ⅲ.①爱情诗 – 诗集 – 葡萄牙 – 现代 Ⅳ.①I552.25

中国版本图书馆CIP数据核字（2020）第190722号

责任编辑　於国娟
特约编辑　殷梦奇
装帧设计　付禹霖

我的心迟到了：佩索阿情诗

（葡）费尔南多·佩索阿　著

姚风　译

出　　版	浙江文艺出版社	
地　　址	杭州市环城北路177号15楼　邮编　310006	
经　　销	浙江省新华书店集团有限公司	
印　　刷	北京盛通印刷股份有限公司	
开　　本	1092mm×840mm　1/32	
字　　数	106千字	
印　　张	6.75	
印　　数	28,501-33,500	
版　　次	2020年11月第1版　2025年3月第7次印刷	
书　　号	ISBN 978-7-5339-6241-8	
定　　价	98.00元	

阿尔伯特·卡埃罗

恋爱的牧羊人

在拥有你之前

我热爱自然，就像平静的修士爱着基督，

现在，我热爱自然

就像平静的修士爱着圣母，

虔诚、自我，一如既往，

但更加亲近、更加一心一意。

当我和你一起穿过田野来到河边，

我把河水看得更加清澈，

坐在你身边看云

我也能把云看得更加洁白——

你非但没有夺走我的自然

反而改变了它……

你把自然带到了我的身边。

因为你的存在，我把自然看得更明白，但它还是以前的自然，

因为你爱我，我才以同样的方式去爱自然，但用情更深，

因为你选择了我去爱你，拥有你，

我的眼睛也更长久地把自然凝视，

却无视其他的存在。

我不后悔我以前是谁，

因为我从未改变，

我后悔的是，没有早一点爱上你。

春夜里，明月高悬。

我想起你，我的内心变得完整。

一阵微风吹过旷野，与我相遇。

我想起你，轻念你的名字，我不再是我：我是幸福。

明天你会来，同我一起去田野里采花；

我们一起去田野，我看着你采花。

我已经看见，明天你在田野里采花，和我一起，

但只有明天你真的来到田野，同我一起采花，

我才会感受到真实的快乐。

由于感受到爱，

我才对花香着迷。

从前，我对任何、最美的芳香都不感兴趣，

可现在我闻到花香，就像看到一样新东西。

我知道花一直都芬芳绮丽，就像我知道我一直存在。

这样的事物，从外面一看便知。

而现在我会用深深的呼吸去尽享它们。

如今，花香弥漫，我就闻到了它，

如今，我看到醒来，在见到花朵之前就已闻到花香袭来。

每天，我都同快乐和忧伤一起醒来，

从前，我醒来只是醒来，没有什么感觉，

我快乐而又悲伤，因为我失去了我梦的一切。

而我还可以栖身现实，这里有我梦的一切。

我不知道如何去面对我的感觉，

也不知道为什么我只能和我在一起。

我希望她能随便和我说些什么，重新把我唤醒。

恋爱的人，不再是他从前的自己，

但他除了他自己，又谁都不是。

要是相逢

我已经不能一个人走路，

我不能再独自走在街道，

神看见我的思想催促我记得更快些，

再得多些，同时我又要记住看见一切，

即使她快晴，对我来说也是陪伴，

我要把车体，以至于不想如何将她遮防，

见不到她，我用想象为她画像，把她使加挺拔的样，

但如果见到她，我会颤抖

她不在时，我不知会有怎样的感受

我的全部都汇聚成遵异我的力量，

而整个都变黯淡一样的目光，高扬着她的脸，把我凝视

我彻夜无眠，看见她虚幻的身影出现，

看见她的方式，每一次都和遇见她的时候不一样。

我想着她，回忆她和我说话时的模样。

每次想她，她都因相似而变得截然不同。

爱就是想。

因为我只是想她，我几乎忘记了感觉。

我不知我想要什么，从她那里想要什么，可除了她，

我什么也不想要。

我神魂颠倒地想她

无法自拔。

我想见到她，

但又犹豫不决，宁愿不与她相见，

免得日后要与她离别。

我真的不知道我想要什么，也不想知道我想要什么。

我只是想她。

我无求于任何人，也不求于她，我只是想她。

也许看得清楚的人无法去感知，

也无法取悦于人，因为他失去了任何感受的方式。

任何一种事物都需要找到面对它的方式，

每种事物都有自己的方式，爱情也是。

那看到青草就能看见田野的人，

不应该让自己的感觉失盲。

我爱过，但从未被爱过，我在爱情终结时才明白这一点，

因为被爱只是偶尔发生，而亡与生俱来。

她美丽如初，无论是秀发还是衣摆，

我也一如从前，孤独地矗立于田野，

好像我一直埋首而行，

想到此，我便高高地昂起头，

而我无法止住的滴滴泪水，金色的太阳会把它们烘干，

田野太辽阔，爱情太渺小，

我看见，我遗忘，就像生世在纪葬，万木尽凋零。

我因为正在感受而无法开口，

我正在聆听自己如同聆听他人，

我说起她时，就好像她在用我的声音言语。

她金色的头发，有如明媚阳光下的麦浪，

她的唇间说出的，是在词语中不存在的事物。

她笑着，明亮的牙齿，如河水下的卵石。

多情的牧羊人丢失了牧羊棍，

羊群跑散在山坡上，

他陷入了沉思，所以没有把牧笛吹响。

没有人向他走来，也没有消失，他再也找不回他的牧羊棍了。

其他人，咒骂着他，劝他召集羊群。

其实，没有谁爱过他，

当他从山坡上，从虚假的真实中站起来，看到了一切，

巨大的山谷一如既往，满目是深浅不一的绿色，

远处的崇山峻岭，如此真实，胜过任何情感。

整个现实，与天空、空气以及一片片田野共存，

他感觉空气再次把自由潜入他的胸膛，伴随着痛。

我是幸福的，因为我一无所求，

也不试图得到什么，

我甚至不认为有超出词语的任何解释，

解释没有任何意义。

我不求别的，只想在阳光下或在雨水中——

有太阳的时候沐浴阳光，

下雨的时候走在雨中，

（从不要求别的什么，）

感受冷暖炎凉，还有风，

而且不去远行。

一旦我爱上别人，我想别人也会爱上我，

可是没有人爱我。

没人爱要归于一个不可抗拒的原因：命该如此。

我会再一次坐在家门前，

在阳光或雨水中安慰自己。

毕竟，对于没有人爱的人来说，

田野不如在被爱者眼里那般翠绿。

而感觉就是别去痴想这些。

1915/11/7